復讐の準備が整いました

桜井美奈

朝日新聞出版

目次

復讐の準備が整いました

プロローグ　リリ【十五歳】

全身を黒一色で統一したリリが広場に姿を現すと、その暗い装いとは裏腹に、街灯に引き寄せられる夏の虫のように、人々が近づいてきた。

「ある？」

二週間ぶりにもかかわらず、挨拶はない。目的はたった一つしかないため、挨拶など必要ないからだ。

リリに声をかけてきた少女は、長い付けまつ毛にたっぷりとマスカラを塗っていて、瞼《まぶた》が重そうだ。年齢はリリより一つ上の十六歳。半年前までは高校に通っていたが、今は自宅にも帰っておらず、当然学校には行っていない。だがそれを咎《とが》める人など、ここにはいなかった。

人々の出入りのサイクルが早いここで、半年もいるのはかなり長いほうだが、それを知っているリリも人のことは言えない。もっともリリは、家には帰っている。気候のいい時期に、一度外で夜を明かしてみたが、横になっても眠れず、どんなに居心地が悪くても、自宅のベッドのほうが深い眠りにつけることがわかった。それ以来、野宿はやめた。

「あるよ。でも、やめたほうがいいよ」

「えー、なんで?」

「何でって……」

人づてに、少女が入院していたことをリリは聞いていた。もちろん、その理由もだ。

「飲みすぎたんでしょ?」

「知ってたんだ」

ケタケタ笑っているが、その目はどこか濁っている。左手にはアルコール度数の高い飲み物が握られていた。だが、入院した理由はそれではなかった。

「お酒と一緒に飲むのは危ないよ」

「うるさいなあ。そんなこと知ってるし」

吐き捨てるように言われると、リリも相手をするのが面倒になった。それに、注意しながらも、薬を持ってきている時点で、リリも人のことは言えない。本当にやめて欲しいと思っているのなら、ここへ来るときに持ってくるのは薬ではなく、別の支援のはずだ。

「で、どれだけいるの?」

「あるだけ」

それしか選択肢のないような口ぶりだ。

呆《あき》れつつもリリは「全部は売れない。他の人にも頼まれているから」と断った。

少女にしても、断られることはわかっていただろうに、あからさまに不貞腐《ふてくさ》れる。

でも、どれだけ渡しても、満たされることがないのは、本人が一番知っているはずだ。

「じゃあ、一回分だけでいいから」

「今、一回に何錠飲んでいるの？」

「五十くらいかな」

先月リリが売ったときは、三十だったはずだ。入院したにもかかわらず、少女は少しも懲《こ》りていないらしい。

「増えてるね」

「それくらい平気でしょ。もっと多い人もいるし」

薬の摂取許容量は、体型や体質、体調によっても大きく左右される。他の誰かが大丈夫であっても、それがすべての人に当てはまるわけではない。そもそも、すでに摂取量は規定よりも大幅に多い。平気なはずはなかった。

だけど、ここで正論を振りかざしたところで、その言葉に説得力がないことは、誰よりもよくわかっていた。リリ自身がそれに加担しているからだ。

少女が求めた量をカバンから出すと、金と引き換えた。

「そのお金でまた、シュウのところへ行くんでしょ」

「関係ないでしょ」

「ま、お金がないと、忘れられるからねー」

「うるさい！」

リリがいらだちを見せると、少女が異様に大きな声で笑った。

「なんで？　事実を言っただけじゃない」

少女は愉快そうに身体《からだ》を震わせながら、リリの肩に腕を回して、耳元でささやく。

「アンタが何しているかを、シュウに教えようかなあ？」

「そんなことしたら、もう二度と売らないから」

脅してくる相手など、構っていられない。

リリがきつく睨《にら》むと、肩に回されていた腕が離れた。不機嫌そうに鼻を鳴らすと、少女は離れていった。

言われなくても、自分がしていることが罪になることくらい知っている。

「バカバカしい」

薬で一時的に寂しさを埋めるのも、薬を売って得た金で寂しさを埋めに行くのも、どちらもバカのすることだ。

だけど……。

「満たされるのは、いっときなのにね……」

あとには必ず、むなしさと寂しさが襲ってくるとわかっているのに、今日もリリの足が向かう。

「バカなのは私だ」

どこからか「そうだね」という声が聞こえてきた気がした。

第一部

第一章　小野川葵《おのがわあおい》【十七歳】

高校二年生の小野川葵にとって、入学式は特別なイベントではない。在校生は参加せず、春休みの延長のような時間を過ごしていたからだ。とはいえ、本格的に授業が始まり、真新しい制服に身を包んだ一年生を校舎内で見かけると、昨年の自分と重ねて、それがひどく昔のことのように感じた。

葵にとって緊張感があったのは、授業が開始して五分くらいで、ほとんど変化のない教師陣の顔を見れば、新品の教科書に折り目をつけるタイミングをいつにするかを、悩むくらいのことしかなかった。

二年生も、そんな時間が続くものだと思っていた。

だけど、三階にある部室のドアの前で行ったり来たりする人の姿を見たとき、その時間が違うものになるのだと直感した。

擦《す》れもシワもない、身体よりも少し大きいサイズの制服に身を包んでいる姿は、訊《たず》ねるまでもなく一年生だ。

葵は後ろから声をかけた。

「入部希望？」

肩が一瞬跳ねたかと思うと、振り返りながら不安そうな顔を見せた。

「あ、はい」

葵よりも小柄な生徒だ。もっとも葵は、女子の中では比較的長身の百六十八センチある。一年生は確実に、葵よりも十センチは低く、華奢《きゃしゃ》な体型だ。短い髪から覗《のぞ》く肌は白く、幼さが残る顔立ちをしている。大きな瞳が何か問いたそうに葵を見ていた。

一歳しか違わないとはいえ、葵は思わず、かわいい、と言いたくなった。

「ここ、漫研の部室だけど大丈夫？　昨日、部室間違った人がいたから。文芸部なら一つ下の階だよ」

「担任に訊《き》いてきたので、大丈夫です。……えっと、入部したいって意味です。漫研に」

ほんの少し話しているだけで、葵にも緊張が伝わってきた。

その姿が可愛らしく感じられて、葵は思わず頬《ほお》がゆるむ。

「そんなに緊張しなくて大丈夫だよ。運動部みたいな上下関係ないから。特にここは、私が部の決まりを決めているしね」

「部長さんですか？」

「そうそう。部長でもあり、部員でもある、唯一の漫研部員」

「え?」

「部員、私しかいないの。だから正確に言うと、今は部活じゃないんだよね。昔は部活だったから部室はあるけど、ずっと休部状態だったみたい。で、もう一度部活にするには一応、五名以上の部員が必要って言われてる。だから今は同好会で予算もゼロ」

「そうなんですか?」

一瞬、新入生の顔に不安の色が見えた。予算ゼロも、部員一名も、不安ワードでしかないだろう。

せっかくの新入部員だ。五名は無理でも、複数人いれば、部にして欲しいと頼みやすくなると思った葵は、逃さないとばかりに新入生の手を握った。

「大丈夫。予算はゼロだけど、顧問はいるから」

「担任が、その顧問をしていると言っていました」

「あ、本沢《ほんざわ》先生のことは知っているんだ。じゃあ先生についての説明の必要はないね。その本沢先生に泣きついて、印刷室のコピー機は使っていいって言われているんだよね」

「コピー機……」

「うん、顧問と言ってもあの人、絵は描けないから、名ばかりみたいな感じだけどね。だから自由に活動してる」

言ってから、葵は失言に気づいた。予算ゼロで顧問も名ばかり。部員の勧誘には効果的ではない。だが一度口から出してしまった言葉は消せなかった。

あはは、とひきつった笑みを浮かべると、葵は部室のドアを全開にして、中を見せた。

「でもね、漫画本はたくさんあるの。ホラ！」

教室の半分くらいの広さの部屋に、大型の本棚が三つ並んでいる。そこに、ぎっしりと漫画本が入っていた。

「昔の先輩たちが置いていった本も多いから、半分以上は古い作品だけど、最近のも結構あるんだよ。本沢先生は漫画が好きで、新刊を読み終えるとここに置いてくれるから」

本沢は国語の教師で、四十代後半の女性だ。置場に困って持ってくるのだと葵は見ているが、新刊が次々に入ってくるのは助かっていた。

「ね、悪くないでしょ？」

返事はなかったが、新入生の目が輝いている。いや、漫画本に釘付《くぎづ》けだ。

「漫画を読むだけのたまり場になると困るから、この部屋には部員以外は入っちゃだめってことにしているけど、一年生は仮入部という形で、今なら自由に――」

「ゆりー」

廊下の遠くから、やはり、真新しい制服を着た生徒の声がした。

本棚に見入っていた新入生が、ハッと我に返ったように振り返る。

「由利《ゆり》は漫研に入部？」

「うん」

知り合いらしい。距離はあるものの、二人の間には説明の必要のない時間が流れていた。

「昔から絵、上手かったし、やっぱそうなんだ」

それだけ言うと、その生徒はすぐに廊下を駆けて行った。

「友達？」

葵が問うと、新入生が、すみません、と頭を下げた。

「小学校のころの同級生です。中学は違いましたけど、高校でまた会って……」

「なるほど。で、由利……さん？」

「呼び捨てでいいです」

「そう？　じゃあ、由利って呼ぶよ？」

初対面で呼び捨ては、葵にも抵抗はあるが、本人の希望だ。

「はい。それと、入部させて下さい」

「仮じゃなくて？」

「漫研に入ると決めていましたから」

どうやら、葵の下手なプレゼンでも、入部希望の気持ちは揺るがなかったらしい。

「そう。じゃあ、よろしくってことで」

葵が右手を由利のほうへ差し出す。一瞬、躊躇《ちゅうちょ》を見せたものの、由利は笑顔で葵の手を握ってくれた。

部室には、教室で使っていた古い机が二つほどある。向かい合うように机を突き合わせて、葵と由利は座った。

「ええと、最初にこの部の決まり事を説明するね。私は小野川葵って言うんだけど、葵って呼ぶのがこの部の決まり」

由利の顔には疑問が浮かんでいる。もちろん、これまで部員がいなかったのだから、今作ったばかりの規則だ。

「わかった?」

「でも……」

「それくらい良いでしょ。先輩の希望を聞いてよ。私は運動部みたいな関係は嫌なの。二人しかいないんだから、細かいこと言わないで。いい?」

上下関係を気にしたくないと言いながら、葵は先輩である立場を利用して、名前で呼ぶことを強要している。とはいえ、由利の希望を受け入れたのだから、葵の希望だって聞いてもらいたい。

しばらく葵が目をジッと見つめていると、由利がうなずいた。

「わかりました。葵さん」

「ありがとう。で、あと説明するのは、活動時間と活動内容かな」

「はい、何曜日の何時から何時で、どんなことをすればいいですか？」

「自由！」

「え？」

「好きにして。休みたければ休めばいいし、描きたくなければ描かなくていい。部員はここに来て自由に漫画を読んでいいし、持ち帰って読みたければ、ノートにタイトルと巻数を書けばそれも自由」

「休むときの連絡は必要ですか？」

「それはどっちでもいいかな。連絡先はあとで教えるけど、強制じゃないよ。来なかったら休んだって思うだけだから」

自由すぎ……と、由利の口がそう動いた。

「だって、漫画は家でも描けるでしょ。強制して描くものでもないし」

「だったら葵さんは、これまで一人だったにもかかわらず、どうして漫研にいるんですか？」

「家よりここのほうが、集中できるからかな。家は静かすぎて、逆に落ち着かないんだよね。部室は静かだけど、廊下やグラウンドは賑《にぎ》やかでしょ。そのくらいの音があったほうが、私は落ち着くんだ。それに、昔の漫画本も結構おもしろいし」

由利の目が本棚へ動く。

昭和と平成の名作がずらりと並んでいる。背表紙は色褪《いろあ》せて紙は黄ばんでいるが、漫画の価値が下がったわけではない。むしろ、それだけの時間、愛されてきた物語だと伝わってくるものがあった。

「葵さんは、毎日来ますか?」

「学校に来た日はね。でも無理しなくていいよ。由利のペースで」

小さくうなずくと、由利はまた本棚を向いた。

「わかる、わかる。漫画好きにはたまらないラインナップだよね。由利もここに置いておきたい漫画があったら持ってきて」

家に置場はないけど、捨てられない本がある、と由利は照れくさそうに言った。それは葵も同じだ。手放したくない本は、部室の本棚に置いていた。

「あと、飲食はしてもいいけど、原稿を描いているときは気をつけてね。汚したら大変だから。注意はそれだけかな。由利はアナログ?」

アナログは紙にペンで描く、昔からあった手法だ。四十代以上の教師に漫画を描いていると言うと、たいていそのイメージを持たれる。

「デジタルです。合格祝いにタブレットを買ってもらったので」

「凄《すご》い。高いのに」

「クリスマスもお年玉も四月の誕生日もナシで、合格祝いと一緒にしてもらいました」

「それなら納得。私、タブレットは興味あるけど、まだ使ったことないなー。今度教えて。そのうち使えるようになりたいから。タブレットも水濡《みずぬ》れ厳禁だよね」

葵は紙とペンのアナログで描いている。どちらにせよ、汚したり濡らしたりはしたくない。

「で、由利はどんなの描いてるの？　見せて」

勢い込んで、葵が由利に近づく。が、由利が飛びのくように距離を取った。

「あの、今日はタブレット持ってきてなくて……」

「じゃあ、今度見せて」

グイッとまた葵が距離を詰めると、由利が困ったように顔をそむけた。

「上手くないので……」と、少し身体を震わせている。

強い拒絶を感じて、葵は失敗した、と思った。初日からグイグイ行きすぎた。

これまで、一人でやっていたところに人が来て、浮かれて距離の取り方を間違ってしまったようだ。そもそも葵は人との付き合いが下手だ。

「えっと……じゃあ今日は、漫画を読んでもいいし、とりあえず説明も終わったから、帰ってもいいし、自由にして」

「……はい」

「それと、一応ここにある机は、私と本沢先生が使っているから、次に来るときは、由利が使うのを持ってきて。余っている机の置場は、本沢先生に訊けばわかるから」

返事の代わりなのか、由利は小さくうなずいた。どうやら、完全に引かれてしまったらしい。

「さようなら」と、小声で言うと、由利は部室を出て行った。


もしかしたら由利はもう、漫研部には来ないかもしれない。

翌日、葵がそう考えながら部室のドアを開けると、自分用の机とイスを運び込んだ由利がいた。本棚の前で、どの本を手に取ろうかと悩んでいた由利は、葵に気づくとちょこんと頭を下げた。

「こ……こんにちは」

「こんにちは」

挨拶はしたものの、お互い視線を合わせずに、狭い部室の中に気まずい空気が流れる。

由利は昭和に発売された、名作と呼ばれる少女漫画を手にして、イスに座った。読破するという覚悟の表れなのか、全十巻のその漫画を机の上に積み上げている。黄ばんだ紙は、開くと独特の匂いがする。だけど由利は、そんなことを気にする様子もなく、黙々と読み始めた。

初日にやらかしたせいもあって、葵からは話しかけない。カバンから自分のノートとペンケースを出して、机の上に置いた。

葵は絵の練習と並行して、アイディアを書き溜《た》めている。もともと、絵を描くことは好きだったが、思うように物語が作れずにいる。でも漫画を描きたいなら、そんなことは言っていられない。だから毎日一つ、どんな些細《ささい》なことでも良いから、ネタを考えるようにしていた。もちろん気に入った題材はストーリーを膨らませ、キャラクターも作る。すぐにでも漫画にできそうなアイディアもあれば、そのままでは使えないものもあるが、書き溜めたノートは、もうすぐ四冊目を用意しなければならないところまできていた。

今のところそのネタ書きを、四か月ほど続けている。とはいえ、誰かに見せたことはなく、また見せられるレベルでもなかった。

葵が漫研に入ったのは、高校入学直後ではない。そもそも、三年間休部だった部活の存在など、認識すらしていなかった。一年生の夏休みが終わり、漫画を本格的に描こうと思い、漫研を作りたいと当時の担任に願い出ると「以前はあった」と言われた。

休部状態とはいえ、部室はそのまま残っていた。顧問を引き受けてくれそうな教師を探し、本沢に頼んだところ、条件付きで引き受けてもらえた。その条件とは、自分が持っている漫画を部室に置く、ということだった。

教師に指導を頼めるものでもなかったため、条件は問題なかった。

部員がおらず予算もないのだから、家で漫画を描いているのと違いはなかったが、漫画に浸れる空間を得たことで、葵は満足していた。

でも、心のどこかで仲間が欲しかったのかもしれない。

積極的に部員を勧誘はしなかったが、誰かが扉をたたいてくれるのを待っていた――と、由利の後ろ姿を見たときに感じた。だから、初っ端《しょぱな》からグイグイ行きすぎた。

鉛筆を走らせながら、葵は顔を上げずに、眼球だけ動かして由利の様子をうかがい見た。

由利は、葵の存在など忘れた様子で漫画を読んでいる。だが、あまりにも集中している姿は、力が入っているようにも思えた。

もしかしたら、葵の反応を見ているのだろうか。

だとしたら、どうするのが正解なのか。

「あのさ……」

由利はピクリとも動かない。いや、紙をめくることはするが、葵の問いかけには反応しなかった。

「由利！」

「え？」

名前を呼んだら顔を上げたが、あからさまに迷惑そうな表情をされた。そればかりか、怒りさえ滲《にじ》んでいる。

「ゴ、ゴメン、何でもない」

葵がそれだけ言うと、由利はまた、漫画を読み始めた。


翌日の昼休み、葵が部室で弁当を食べていると、顧問が紙袋を抱えてやってきた。

「先生、また漫画買ったんですか？　そんなに買ったら、凄い金額になると思いますけど」

本沢が部室の本棚に二十冊ほどの本を詰めている。最近、ハイペースで本が増えるため、本棚の空きスペースが少なくなっていた。

「趣味がこれだし、読みたい本が沢山あるからね」

「大人は良いですね……」

「まあね。でも子ども時代の、一冊を大切に読むのもいいと思うよ。今は買えるようになったけど、その分、じっくり読むことが減ったのはちょっと寂しいから」

「じゃあ、一冊ずつ買って、じっくり読めばいいじゃないですか」

本棚に手をかけたまま、本沢が振り返る。

「買えるのに我慢するの？　読みたいのよ」

真顔の本沢は、少し怖かった。

葵の両親は漫画を読まない。読書はするものの、専門書やノンフィクションの類ばかりで、小説すら手にしている姿は、見たことがなかった。それは、読んでも教養として得るものがないからと思っているような気がする。

「あれ？　あそこ、五冊ほどないけど？」

本沢が本棚の上部を指さした。

「貸し出し中です」

漫研部の部員は二人しかいない。葵が貸し出し中と言えば、誰が借りたのか、本沢もすぐにわかったようだ。

「由利さんが借りたのね」

放課後に五巻まで読んで、あとは持ち帰った。昨日ずっと読んでいたが、さすがに十八時になると帰った。あの調子では、きっと帰宅後も読み続けていたに違いない。

本沢は葵の真向かいに座った。

「どう？」

「どう、とは？」

「由利さんとのことよ」

含みのある顔をしている本沢を見て、葵は「あっ」と声を漏らした。

「ひょっとして、漫研をやめるって、先生のところへ行きましたか？」

「え？」

「担任だから、伝えやすいですよね。もしかして先生、私に探りを入れていますか？」

「ええ？」

「本の返却は急がないって伝えておいてください。私はもう、何度も読んだので」

立ち上がった葵が早口で一気に話すと、本沢がきょとんとした表情をしていた。

「えっと、小野川さん？」

「本の返却もここへ来るのが嫌なら、先生に渡してもらっても――」

「小野川さん！」

本沢が葵の話を遮るように声をあげた。

「ちょっと落ち着こうか？」

ね？　と、本沢が微笑《ほほえ》んでいる。

葵がイスに座ると、空気を換えるように、本沢は小さく咳払《せきばら》いをした。

「何か誤解があるようだけど、由利さんは、漫研をやめるとは言っていないから。そもそも、漫研に入ったって報告をもらっていないし」

「え？　あ……そっか。私、由利が入部したことを先生に伝えてなかった。でも、だったらどうして、先生は由利が漫研に入ったことを知って……？」

「それは一昨日、由利さんに、漫研について訊ねられたから、きっとこの部屋にきたのだと思って」

そういえば、由利は担任に漫研のことを訊いたと言っていた。

「何かあったの？」

「何かと言うと……」

葵は入部初日の自分の態度と、昨日のことについて話す。

一部始終聞き終えた本沢は、納得したようにうなずいた。

「入学式からそんなに時間が経《た》っていないから、私もまだ、生徒のことをすべてわかっているわけではないけど……確かにもうちょっと距離感は考えたほうが良かったかもしれないね。でも、慣れていけばきっと大丈夫じゃないかな」

「だけど、初対面でグイグイ行きすぎたし……訊くにしても、もう少し仲良くなってからにすれば良かったなって」

本沢は悩ましそうに、眉間《みけん》に薄くシワを刻んだ。

「その場にいなかった私には判断できないけど、漫画を読んでいるときに話しかけられたら、私でも同じ態度をとるかも。小野川さんはどう？」

「それは……相手次第かもしれません」

どこまで集中して読んでいたかにもよるかもしれない。ただ、冷静になって考えてみると、そうかもしれないとも思う。

「二人しかいない場所で、無言も居心地悪いと思うから、適度に話しかけてもらえるのはありがたいとは思うけど」

「そうでしょうか?」

「私は無言だと歓迎されていないような感じがするからね。まあ、相手を見ながら、距離の取り方を考えていくことは必要だけど、少なくとも小野川さんが、意地悪をしようとしての行動とは思わないから、きっと、由利さんにも伝わっているはずよ」

「だと良いんですけど……私、あまり、人と上手《うま》く付き合えなくて」

そもそも葵がここまで悩むのは、クラスメートとも、あまり良い関係が築けていないというのがある。昔から人付き合いが上手くない。

ただ、仲間外れにされるというのとも違う。最初のうちに、相手と上手くいかなそうだと思うと、葵のほうから離れる。葵は誰かとぶつかることが苦手だ。それによって傷つくことを避けてしまう。

だけど、大好きな漫画のことを話せる人が来たから、いつになくテンション高く由利に接してしまった。

本沢は腕時計で時間を確認してから、イスから立ち上がる。

「本当に嫌なら、昨日もここに来なかったと思うけど?」

「そうでしょうか?」

「とも言い切れないけど」

「どっちなんですか……」

「ま、放課後になればわかるでしょ」

本沢の適当な発言のせいで、葵は午後の授業中、由利が来るか気になりながら、過ごすことになる。

そんな葵の不安など知ったことじゃないとばかりに、本沢はじゃあねとドアのほうへと歩く。が、出る直前、振り返って少しばかり何かを含んだ笑みを浮かべた。


授業が終わると、掃除当番を適当に済ませて、葵は部室へ走った。

ドアを開けると、そこには当然のように自分のイスに座った由利がいた。昼休みにはすっぽり空いていた本棚のスペースは埋まっていた。

「こんにちは」

挨拶をしてきたのは由利からだった。戸惑いながらも葵は「こんにちは」と返した。

由利の机の上には、また別の漫画が積まれている。昨日のシリーズは全部読み終えたらしい。今読んでいるのは、昼休みに本沢が置いていったもので、比較的最近発売された作品だった。

由利が何を基準に本を選んでいるのかわからない。

訊いてみたい気もしたが、あまり突っ込みすぎてもまた拒絶されるかもしれない。

葵はノートを広げて、アイディアを書き始めた。今書いているのは、昨夜思いついた話だ。

毎日夜十二時になると、鳥になる少女の物語だ。少女は厳格な家庭に育ち、外出するにも許可が必要で、常に監視の目があった。自由にできる時間は少なく、同じくらいの年代の友人もいない。家には家庭教師が来て学ぶことはできるが、その間も常に監視されていた。

ただ、その中で一人の教師が、外の世界があることをこっそり教えてくれる。どうしても外の世界を見たくなった少女の前に、ある日不思議な薬が届けられる。それを飲めば、鳥になれるというものだった。ただし、鳥でいられるのは一時間だけ。そしてその間に家に帰ってこないと、途中で人間の姿に戻ってしまう。

ここまで考えて葵は、鳥から人間に戻ったとき、着ていた服をどうするかで悩んだ。

このストーリーだと必ず、話のどこかで、一時間以内に帰れなくなり、元の姿に戻るシーンを出すことになるだろう。

「まさか、裸ってわけにもいかないだろうけど……」

細かいことではあるが、葵はこういったことが気になってしまう。葵自身が納得できる答えを見つけられないと、そこで物語がストップする。

「そもそも、鳥になれるわけないんだから、細かいことは気にしなくていいのかなあ……」

「細かいこと?」

由利が本を閉じて、葵を見ていた。

「ごめん、うるさかったよね?」

ハッとして由利のほうを見た葵は、昼休みに本沢が言っていたことを思い出した。

『わざと音を出して、反応を見てみればいいじゃない』と。

集中していればしているほど、話しかけられたときに、うっとうしく感じるだろうとも言っていた。

わざとではなかったが、葵は独り言を口にしていた。

見たところ、由利は不機嫌そうではなかった。

少なくとも昨日は、読書を邪魔されたことにイラついたという、本沢の意見が正しいのかもしれない。三冊ほどの漫画は、もう読破したようだった。

由利は本棚に本を戻すと、再びイスに座った。

「細かいことって何ですか？」

「まだ全然、穴だらけの設定だから、聞いてもつまらないと思うよ」

「鳥たちが人間のように生活する話ですか？」

「え？　ううん、違う。人間が一日一時間だけ鳥になって、外に行く話」

まとめすぎたせいか、それだけでは伝わらず、結局今、考えている部分を由利に説明することになった。

聞いている間、由利は特に迷惑そうにする様子もなく、むしろ興味を示すかのように、前のめりになっていた。

「なるほど。それで、服をどうするかで悩んでいたんですね」

「そういうこと」

「それ、以前似たような話を読んだことがあるような気がします」

「私、パクった？」

「そうじゃなくて……、なんてタイトルだったかなあ……」

由利は悩ましそうな様子で、本棚の前に立った。

「少女漫画なの？」

「確か、少年漫画だったと思います」

「だったら、ここにはないかな。ここは、少女漫画のほうが多いから」

背表紙には、ピンクやゴールドの色味が多い。寒色系の背表紙は全体の三割程度しかなかった。

「歴代の部員は、女子のほうが多かったって本沢先生が言ってた。まあ、先生も持ち込むのはほとんど少女漫画だしね。私は、新しい少年漫画も欲しいけど」

「そうですね」

由利が同意したことで、葵も、何とか部費をもらえないだろうかと考える。

だが、部員が増えたら増えたで、面倒事も増えるだろう。何より、今さら漫研に入ってくれる人がいるかは怪しい。すでに、ポスターは校内の目立つところに貼り、部員募集の案内は出している。だが今のところ、見学者もいない。

由利がまたイスに座った。

「いっそのこと、裸で困っているところに、助けてくれる人が来る、という設定でもいいんじゃないですか?」

「助けてくれる人?」

「はい、王子様的な存在が現れて、ヒロインをピンチから助け出す。王道すぎる王道ですけど、それは必要かなあとも思いますし」

「なるほど……」

葵は今の会話をノートに書き留めた。

「ピンチのときの王子様か」

「シンデレラがガラスの靴を落としたとき、拾って届けてくれたのは王子様ですからね」

「あれもよく考えると、魔法で変化した靴が、なぜ時間になっても、元の姿に戻らなかったのか疑問なんだけど」

「諸説ありますけど、馬車などは魔法によって変わったものだけど、ガラスの靴だけは、魔女からもらったモノだった、みたいなことを、前にネットで読んだことがあります」

「そうなの?」

「自分で確認したわけじゃないので、間違っているかもしれませんけど……」

人と話していると、頭の中にあったバラバラだったものが、少しずつ整理されていく。

「あとで調べてみるね。ありがとう、話に付き合ってくれて」

「そんな、全然……」

由利が照れている。こんな表情をするのかと、少し意外だった。

そしてもう一つわかったことがある。由利は漫画の話なら饒舌《じょうぜつ》になるということだ。

意外に簡単なことだった。

漫画があればそれでいい。自分と由利の間には、それだけがあればいいんだ、とわかった。


由利は一週間もすると、部室でイラストを描き始めた。漫画本は持ち帰ることにしたらしく、その代わりに放課後は、タブレットで絵を描いている。

一目見て、葵よりはるかに上手いことを知った。

「凄い！　プロみたい」

短いスカートを穿《は》いた少女のイラストは優しい色使いで、感情が伝わってくるくらいイキイキとしている。かわいらしく、躍動感に溢《あふ》れていて魅力的だ。

「これ全部、タブレットで描いたの？」

「はい」

「慣れれば、私でも描けるようになるかな」

由利の手元を見ていると、葵が鉛筆で描くときと同じように手を動かしている。

「できますよ。線の太さとかも、実際のペンと同じように、力の加減で表現できますし、ペンの種類を選択して、変えることもできますから、アナログより便利だと思います」

「そうだよね。一度そろえちゃえば、材料を買い足す必要もないし。だけど、初期費用が……」

「中古には、抵抗ありますか？」

「ううん、全然アリだけど、それでも安くはないでしょ？　スマホで描くのはできないのかなあ」

「できるみたいですけど、画面が小さいから見づらいって聞いたことがあります」

「だよね。それは想像できる。あーあ、夏休みにバイトしようかな……」

葵の通う高校はバイト禁止だが、ナイショで働いている生徒がいないわけではない。とはいえ、本体だけでなく、漫画を描くためのソフトも必要になる。必要な金額のすべてをまかなうには、かなり時間がかかりそうだ。

「由利が今描いているのは扉絵？」

「違います」

漫画を投稿するとき、タイトルが入る扉のページとして、一枚目はセリフのないイラストを描くことが多い。そして今、由利のタブレットに表示されている絵は、一枚の紙を分割したもの——コマを割りをしたものではなかった。だから、扉絵を描いているのかと思った。だが違ったようだ。

「漫画は描かないの？」

「はい。描いたことがありませんし……」

「描いてみればいいのに」

「描きません」

思ったよりも、きっぱりとした強い口調だ。

そこに拒絶のようなものを感じて、葵は気になった。

「何で？」

「何でって……」

少し面倒くさそうにしながら、由利は手を止める。

「一枚絵と、漫画を描くのが全然違うのは、葵さんだって知っていますよね？」

「そうだけど……」

漫画は、数ページから数十ページかけて、登場人物のセリフなども含めて物語を表現する。それに対してイラストは、一枚で見せなければならない。一般的にそこに、セリフはない。

当然見せ方は変わってくるから、表現をする難しさが異なる。イラストが上手い人が必ずしも、漫画が上手いとは限らない。その逆もしかりだ。

由利の絵は、繊細で一つ一つの線が細かい。だけど、不必要な線は一本もない。デッサンも狂いが少なく、描かれている人物に動きを感じるような、躍動感もある。

「でも由利は、漫画好きでしょ？　いつも読んでいるし」

「読むのが好きなのと、描くのは違うと思いますよ。そんなことを言ったら、本沢先生だって描いているだろうし」

「描いたことあるって言ってたよ」

「ええ？」

そんなに驚くかと思うくらい、由利が激しく反応する。

「漫研を復活させようと思って顧問を頼んだとき、チラッとそんな話を聞いた。大学時代に描いたんだって」

「それで？」

「扉絵含めて何とか三ページ目まで進めたところで力尽きたって。ちなみに下描きね」

扉絵を抜かせば、コマ割りした漫画の原稿は実質二ページだ。物語が始まってすらいない。

漫画好きが漫画を描いてみようとする。そこまではよくある話だ。だが、それを一つの作品にして、投稿するのはまた別の難しさがあるのは、葵自身実感していた。

「私も、早く二作目を投稿できるようにしないと」

「ってことは、葵さんは一度投稿しているんですか？」

「うん。選外だったけどね」

しかも選評はかなり辛口だった。ただ、それは納得している。かろうじて規定枚数まで描いたが、絵の技術はもちろん、枚数を意識しすぎて、ストーリーもこぢんまりとしてしまった自覚はあるからだ。

「スクリーントーン代もかかるから、次に投稿するのは、もう少し絵も話も上手くなってからにするけど」

「デジタルにすれば、トーンや紙が不要になりますけど」

「だから、その代わり初期投資が必要だって……」

話が振り出しに戻ってしまった。

「話はもう、できているんですか？」

「うん、これ！」

葵はノートを開いて由利に渡した。

物語はこうだ。

舞台は高校。勉強が苦手な生徒が、授業中何度も時計を見てしまう。授業が理解できず、集中していないせいだ。そのとき主人公があくびをする。すると、時計の針が五分戻った。最初は気のせいかと思ったが、二度、三度とすると、どんどん時間が巻き戻り、あくびと時間の戻りが連動していることに気づく。

結果、いつまで経っても退屈な授業は終わらない。終わらないから、またあくびが出る。延々それを繰り返した。

「ただね、どうして時間が戻るのか、理由が……」

「またそこですか？」

由利はあきれ顔だ。

「ちなみにその話は、どこに投稿する原稿ですか？」

「『別冊少女ケーキ』。知ってる？」

「はい、名前は……」

由利の顔が、あきれ顔から不安な表情に変化した。

「でね、『別冊少女ケーキ』って少女漫画雑誌でしょ。ってことは、恋愛要素もあったほうが良いと思うわけ」

葵が胸を張る。が、由利はうなずくでも否定するでもない。

「その設定に恋愛要素は厳しくないですか？」

「やっぱり、由利もそう思う？」

「はい、無理やり感があると思います」

実際のところ、葵もそうだろうなあ、とは思っていた。だとすれば、他の話にしたほうがいいかもしれない。

たとえば、問題なく付き合っていた恋人から、突然送られてきた意味深なメッセージを最後に、連絡が取れなくなって不安になる話とか（実際は、スマホが壊れただけ）、猫を拾って飼い始めたら、オマケとして家が付いてきたとか、自分と顔が似ているアイドルが失踪して、突然身代わりでステージに立たせられることになってアタフタする話とか、だ。

だが、どれを話しても由利の表情は晴れなかった。

「あ、紙飛行機部の話もあるけど」

「距離や滞空時間を競ったりするんですか？」

「そう！　実際、全日本紙飛行機選手権大会もあるからね。地区予選から勝ち上がった人たちが集う大会」

「本当にあるんだ……」

「高校生紙飛行機大会も、博物館もあるよ」

「いろいろあるのはわかりました。なんていうか、今混乱していますけど」

物語はまだまだある。だが、すぐに下描きに入れる状態ではないため、ここからプロット――漫画の設計図のようなものを作らなければならない。その他に、キャラクターを決め、細かい内容を詰める必要もある。

「それにしても、いったいどこで、紙飛行機大会なんて知ったんですか？」

「偶然だよ。紙飛行機を折ったけど上手く飛ばなかったから、折り方をネットで検索したの。そしたら、大会のことも出てきて」

真剣な気持ちからではない。何となく……だ。頑張っても思うようにならず、どこか遠くへ行きたくなったとき、何気なく紙を折ってみた。

葵はノートを一枚切って、簡単な紙飛行機を折った。左右対称になるようにして、翼によじれがないかをチェックすると高確率で上手く飛ぶ。定規を使って紙をこすり、ピシッとした折り目を付けるとなお良い。あとは飛ばし方だ。同じ紙飛行機でも、力加減で飛び方は変わる。

葵は立ち上がって、作ったばかりの紙飛行機を飛ばした。

すぅーっと水平に飛んだ飛行機は、すぐに壁にぶつかって床に落ちた。

「廊下のほうが飛ばしやすいと思いますよ」

由利がイスから立って飛行機を拾う。片方の目を閉じて、飛行機をチェックしていた。

「ここを少し曲げたら……」

そう言って、由利は翼の後ろの部分を曲げる。

「詳しいの？」

「昔、よく作ったので」

これでヨシ、とつぶやいた由利の手から紙飛行機が離れた。が、すぐに床にたたきつけられた。

「……よく作った?」

「もう、ずっと作っていませんでした!」

少しムキになっている由利は、ちょっと子どもみたいだ。でも、かわいいと思った。

「漫研部兼紙飛行機部に改名する?」

「漫研が乗っ取られるほど入部希望者が来たら嫌です」

それはないだろう、と思ったが、葵は「そうだねえ」と、笑いながら答えた。

「それはともかく、紙飛行機をメインに描いてみても面白いんじゃないですか? 細かい説明が必要ないので、まとめやすいと思います」

「少女漫画だよ? 恋愛要素はどうする?」

「男女で部活にしてしまうとか? 高校生クイズも、男女カップルで参加することもありますし」

「うわー、青春だねえ」

「葵さんはそれを、描こうとしていますよね?」

「うん、そう。でも、そんなキラキラしていると、自分からは遠く感じるんだよね」

スポーツドリンクのCMに出てくるような、青い空に輝く太陽。その下で汗を流す高校生。一点の曇りもない世界は、葵からすると眩《まぶ》しすぎて直視できない。

「ホラ。こんな狭くて、ちょっと日当たりの悪い部室で漫画を描いている人間には、似合わないでしょ？　――あ、由利は違うけどさ」

「そんなこと……ありませんよ」

葵は落ちていた紙飛行機を拾う。

由利が直したところは変えずに、もう一度飛ばしてみた。

今度はふわっと浮いた。

「漫画のことを考えているときだけは、自由になれる気がするんだよね」

葵がそう言い終わる前に、紙飛行機は床に落ちていた。


梅雨《つゆ》になって、雨が降るようになると、肌寒さを感じる日が続いた。

漫研部の部室にもエアコンは設置してあるが、学校では使用期間が決まっている。冷房は六月の第三週から九月いっぱい。暖房は十一月から三月までだ。

六月になったばかりとあって、冷房も暖房も使えない。降り続く雨は室内に湿気をもたらし、漫画用の原稿用紙も、心なしかふやけていた。

「うわっ、この部屋寒いわ」

部室のドアを開けるなり、本沢は寒い、寒いと繰り返す。

「じゃあ先生、暖房のスイッチ押してください」

「そこまでではないわよ。ところで今日、由利さんは？」

狭い部室は一目で部員の数を把握できる。本沢は由利がいないことに、ドアを開けた瞬間に気づいただろう。

「咳をしていたので、帰らせました」

「そういえば、教室でもマスクしてたような……」

熱はないから授業に出たのだろうが、出欠自由の部活に、無理をする必要はない。

「なんだ、面白いものを見つけたから持ってきたのに」

本沢は右手に紙袋を持っている。中に何が入っているか見えないが、サイズからして雑誌だろうということは察しがついた。

「何ですか？　また、新しい漫画を買ったんですか？」

「違うわ。本の整理をしていて、見つけたの」

ふふ、と楽しげな様子で、本沢は紙袋を開ける。中に入っていたのは、少女漫画の雑誌『ガーベラ』だった。

「去年のなんだけどね」

「先生、雑誌まで買っているんですか？」

「懸賞のためにたまにね。そんなことより――」

よほど葵に見せたいものがあるらしく、本沢は雑誌に付箋《ふせん》まで付けていた。

本沢は葵が読みやすいように本を向けたかと思うと、「じゃーん」と効果音付きで、付箋のページまでめくる。そこには、漫画の投稿結果が載っていた。

「ココ!」

本沢の人差し指がさす場所のイラストが、すぐに目に入った。

「この絵、由利さんの絵に似ていない?」

よく部室に顔を出している本沢は、当然由利の絵を目にしている。

たまに、自分の好きなキャラクターを描いてもらえないかと、頼んでいることもあったくらいだ。

「えっと……」

掲載されているイラストは漫画の一コマで、証明写真よりも小さな枠にワンカットだけだ。

これだけで確定するのは難しい。だが――。

「似てますね。とても」

特に、目が似ている。いや、同じと言ってもよさそうだ。

由利の描く人物の目はかなり特徴的だ。ただ、それだけでは判断できない。

「年齢が一緒ですね」

投稿者の年齢も載っている。十五歳。去年は中学三年生だから合っている。

「でも投稿者プロフィールに、群馬《ぐんま》ってありますよ?」

「ああ……由利さん、親御さんの仕事の都合で、中学のときは群馬に住んでいたのよ。群馬にいたのは三年間だけだから、東京のほうが慣れていると思うけど」

そういえば、初めて漫研の部室に来たとき、小学校時代の同級生とは、中学が違ったようなことを言っていた。

そう考えれば、つじつまが合う。だが……。

「偶然って可能性は？」

「それにしては、一致しすぎじゃない？」

ですね、と葵は答えたつもりだったが、喉の奥に絡んで、上手く言葉が出てこなかった。

葵はショックを受けていた。

由利が漫画を描いた経験はないと嘘《うそ》を言っていたことも、そして――。

「奨励賞とはいえ、中学生が受賞するって凄いことよね？」

本沢の声は弾んでいる。だが新人賞に出しても、箸にも棒にも引っ掛からなかった葵からすると、羨《うらや》ましい。羨ましくて、羨ましくて、何で？　と思ってしまう。

そして、どうして嘘をついたのか。

葵のことを気遣ったのだろうか？

だとすれば、かえってムカつく。人をバカにして……とすら思った。

「……本沢先生」

「んー……なあに?」

　処分するはずの雑誌を、本沢は表情を変えながら、夢中になって読んでいる。そのせいか、返事はどこか上の空だった。

「このこと、由利に確かめるんですか?」

「ん……」

　またもや反応が薄いことに焦《じ》れた葵は、本沢の手から本を奪った。

「先生!」

「な、何?」

　本沢は目を丸くしていた。

「……ごめんなさい」

「ううん、こっちこそ無神経だったわね。意識しちゃうのは当然だもの」

「えっと……」

　素直にはうなずけなかったが、否定もできなかった。

　この部屋で漫画のことを語っている最中、由利はどんな思いで聞いていたのだろうか。どんなことを考えながら、話していたのだろうか。

　心の中で、葵のことを笑っていたとまでは思わないが、レベルの低さに呆れてはいなかっただろうか。

本沢は申し訳なさそうな表情をした。

「私が余計なことをしたわね。まずは本人に確かめてからにするべきだったわ」

確かに、本沢がうかつだったのかもしれない。ただ経緯はどうあれ、由利が漫画を描いていた、その事実は揺るがない。

そのことにショックを受けている自分が情けなく、そしていらだっていた。由利が受賞を黙っていたのも、漫画を描いたことがないと言ったのも、葵に責める資格はない。それによって、害を被《こうむ》ったわけではないのだから。

ただ、そう考えると、なおさら自分がみじめに感じた。急速に湧《わ》いた怒りは、すでに静まっていたが、今は情けなさで消えてしまいたくなる。

うつむいていると、勝手に涙がこぼれてしまいそうになった。

「小野川さん」

本沢の優しい声が、葵の頭の近くから聞こえた。

「焦る必要ないよ。小野川さんは正しく努力できれば、いつか自分の作品を、この世に出せる人だと思うから」

「先生は、漫画を描けなかった人なのに、わかるんですか？」

口にしてから嫌味だったと葵は気づいた。だが、本沢は少しも気にする様子もなく微笑んでいた。

「だからわかるの。普通は憧れがあっても、そこへ踏み込もうとはせずに眺めているだけだし、私のように少し試してみて、その難しさに途中で引き返す人のほうが多いと思う。だけど小野川さんは、最後まで描いたでしょ？」

「たった一度だけです。それも選外……」

「一度でも描けたってことは、二度目もあるのよ。最初の一歩が一番難しいんだから」

本当だろうか。

正直なところ、葵は本沢の言葉に、素直にはうなずけない。でも、そうであったらいいな、とは思った。

「先生、お願いがあります」


その後も葵は、由利が漫画を投稿していたことを訊けずにいた。本沢には、『由利が雑誌に投稿していたことは黙っていて欲しい』と頼んである。由利がどうして葵に嘘を言っていたのか、自分で訊きたいと思っていたからだ。雑誌は葵がもらった。

ただ言い方を間違えると、詰問《きつもん》するようになってしまいそうで、訊ねられない。

機会をうかがっていると、由利が「一つの設定から、いくつか話を作ることって可能でしょうか」と言いだした。

別のことを考えていた葵は、一瞬返事が遅れた。

「あー……あるんじゃないかな？　りんごだって、アップルパイになったり、ゼリーになったり、そのまま食べたりするでしょ」

由利が目を丸くしたかと思ったら、次の瞬間ふき出していた。

「そんなたとえって、ありますか？」

「でもそうでしょ。素材が同じでも調理方法によって料理名が変わることなんて、よくあるじゃない」

「そうですけど」

和やかな雰囲気の今なら、訊けるかもしれない。

葵は自分に、落ち着いて、冷静に。そう言い聞かせながら、さりげない風を装った。

「ねえ、由利にはペンネームってある？」

本棚の前にいた由利は、「どうしてですか？」と、不思議そうな顔で振り返った。

唐突すぎただろうか。だがもう、口に出してしまったため、あとには引けない。

「えーっと……ちょっと、ペンネームに悩んでいて」

「ああ……」

由利は少しの躊躇を見せてから「逆立ちするカメ」と言った。

「は？」

口にこそ出さなかったが、ずいぶんふざけた名前だ、と葵は思った。

「それで投稿するの？」

雑誌に投稿したときの名前とはまるで違う。作品の方向性にもよるだろうが、少女漫画家には、まず見ない名前だ。

「投稿するというか、アカウント名です。先入観を与えたくないので、性別がわからないようにしたくて」

「まあ、ネットは遠慮なく攻撃してくる人もいるからね」

葵もSNSはしているし、イラストや漫画の投稿サイトの閲覧もしている。規模の違いはあっても、何かしら揉《も》めている……いわゆる炎上している場面は、何度も目にしていた。

「それ、私が検索して見ちゃっても大丈夫？」

「ダメなら黙っています。こっちから見て欲しいってお願いしたら、葵さんが面倒に思うかなって言わなかっただけなので」

「そんなことないよ。むしろ、もっと早く教えて欲しかった」

言わないのは、隠したいから。

葵はそう思っていたが、由利にしてみれば、言わないのは、見てもらうのが悪いから、だったらしい。

そう考えると漫画を描いた経験がないと言ったのだから、雑誌に投稿した件には、触れて欲しくないのかもしれない。

「葵さんは何ですか？」

「ん？」

「さっき葵さん、ペンネームに悩んでいるって言っていましたよね？　候補はあるんですか？

無理に訊くつもりはありませんけど」

「無理じゃないけど……前回投稿したときは、何にも考えていなくて、本名で出しちゃったから、次に投稿するときになるけど……」

なぜか照れる。ただ、隠すほどのものではない。それにこういったものは、サラッと言ったほうがいい。引っ張れば引っ張るほど言いにくくなる。

「野川《のがわ》ひなた、にしようかと」

「え？」

由利が目を瞬《しばた》かせている。

「そんなに驚くような名前じゃないでしょ」

「えっと……まあ、はい。わりとどこにでもある名前だとは思いますけど……。由来はあるんですか？」

「一応ね」

『野川』は『小野川』から『小』を取っただけだ。

「本当は、葵って名前も気に入っているし、そのままにしようとも思ったんだけど、それだと本名とほとんど変わらないからね」

「そうですね」

「私さ、初めて会った日、由利に名前で呼んでって頼んだでしょ。それって、もしこの先……デビューできたら、野川と呼ばれることが増えるんじゃないかなーって……だから、葵って名前を覚えておいて欲しいと思ったんだよね。何をこだわっているんだって感じだけど」

照れくさくて、葵はやたらと早口になった。

だが、由利はからかうことなく、うんうん、とうなずいていた。

「十歳くらい上の従姉《いとこ》が、結婚して苗字《みょうじ》が変わったことに抵抗を感じていると言っていたので、わからなくはないです。名前ならずっと使いますから。でも、ひなたはどうして？」

「それは……深い意味はない。何となく、パッと思いついたのをつけただけ」

「なんだ……」

なぜか由利は、つまらなそうな顔をしている。

「私のペンネームに深い意味を求めないでよ」

「そういうつもりじゃ……良いと思います。素敵です」

「今さらいいですぅー。とってつけなくても」

葵が頬を膨らませると、由利は笑いながら本を一冊手にして、カバンにしまった。

「あれ？　もう帰るの？」

「はい、先週休んだから、ちょっと寄っただけです」

「あ、そっか。今日は月曜日か」

ここ一か月ほど、由利は月曜日になると、部活を休んでいた。

「帰るのはいいんだけど、月曜日に何かあるの？」

実は葵は、ずっと気になっていた。だが最初に、「休みたければ休めばいいいし、描きたくなければ描かなくていい」と言った手前、訊ねそびれていた。

「見たいアニメがあるんです」

「それなら、録画予約すればいいのに」

「リアタイしたいんですよ」

それはわかる。大好きなアニメなら、放送中に一度、さらに録画したものか、配信でも繰り返し見たくなる。

時間を気にする由利は、すぐに部室から出て行った。

一人になった部室で、葵は制服のポケットからスマホを出す。由利が何のアニメを見るのか気になったからだ。

テレビの番組表で、月曜日の夕方から夜の時間帯に放送される番組をチェックする。

「あれ？」

何もなかった。幼児向けの番組すら、その時間帯にはアニメの放送は一切なかった。

「配信か有料チャンネルかな」

それならチェックしきれない。

葵はいつものようにノートを広げて、日課であるネタを書き始めた。

※

ロング丈の黒いスカートに、黒のシンプルなTシャツを着て、バケットハットをかぶっている彼女は、黒いサングラスとマスクで顔のほとんどを隠していた。うつむいて肩をすぼめて歩く姿からは、誰かの目に触れたくないのだということは一目瞭然だった。夜であれば、闇に隠れてしまいそうないでたちは、全身を黒く塗りつぶしていた。

「リリ、しばらく会わないうちに、芸能人にでもなった？」

「……言わないで」

どうやら、彼女もやりすぎた自覚はあるらしい。服装はシンプルなだけに、顔だけ隠した完全防備スタイルは、ある意味悪目立ちしている。

「そっちだって、相変わらず王子様みたいな格好《かっこう》してるし」

不貞腐れたように言い放つさまに、神田理久《かんだりく》は思わずふき出した。

「二十五だよね？」

とっさに理久は、唇に人差し指を立てた。

「言うなって。二十二歳で通しているんだから」

時間的に、店内はまだそれほど人は多くない。もっとも、それがわかっていて、リリもこの時間に来たのだろうということは、理久は気づいている。

「最初に会ったときも二十二歳だった気がする」

「永遠の二十二歳なんだよ。ここは夢を売るところなんだから」

客も店員も嘘ばかりの場所だ。だがここに現実を持ち込んだらつまらない。

「そんなこと、リリも知ってるでしょ」

理久はサングラスの奥にある、リリの瞳を覗き込んだ。

「ま、ここも飽きてきたから、そろそろ場所を変えるけどね。そうしたらリリ、通ってくれる？こっそり通してあげるから」

この店はこの界隈《かいわい》では唯一、未成年でも入店できるコンセプトカフェだが、理久もさすがに年齢のギャップを感じていて、来月には転職する。

次は大人向けの、アルコールを出す店に行く予定だ。

「行くわけないでしょ」

リリには吐き捨てるように断られた。こんな場所、一秒たりともいたくない、と言わんばかりの態度だ。

「そんなことより何？　突然、あんなメッセージを送ってきて」

この一年、一度も連絡をしてなかった。だから、理久をブロックもしなければ、消してもいなかったのだろう。

「嫌なら来なくていいよ、とも伝えたはずだよ。それより、注文をお願いします。一応ココ、カフェなんで。何だったら、ドリンク作るよ？」

さっさと話を終わらせたかったリリは、すぐに出てくるリンゴジュースを注文した。

「で、何？」

「せっかちだなあ。まだグラスに氷を入れたところなのに」

リリがこの場所から早く離れたいことはわかっている。だが理久も悪気があって呼び出したわけではない。手早くジュースを提供すると、会話を始めた。

「アイツが捜しているって」

「……え？」

マスクをずらしてストローに口をつけていたリリは、弾《はじ》かれたように顔を上げた。カウンターの中はライトで明るく照らされているが、客席は薄暗い。だがその一瞬で、リリの顔に焦りが浮かんでいるのを、理久は見逃さなかった。

具体的な名前は出していないが『アイツ』と言った時点で、思い当たる人物は一人しかいないだろう。

リリの口元が震えていた。

「どうして？」

今さら、と言いたいのかもしれない。リリはここ一年以上、まったくこの辺りには姿を見せずにいた。一年……いや、半年も経てば、店も人もそっくり入れ替わっていても不思議ではないこの界隈の時間の進み方は、他の場所よりも早い。

それなのに、なぜ、と思った。

「さあ？　俺も詳しいことは知らない。ただ、圭太《けいた》からそう聞いたからさ。一応伝えておこうと思って。圭太も又聞きって言っていたから、細かくは知らなそうだったけど」

理久は、圭太にも連絡する？　と言ってみたが、リリは「ううん」と首を横に振った。

グラスの中のリンゴジュースは、一センチも減っていない。だが、それ以上はもう、口をつける気はないらしく、リリは元の位置にマスクを戻す。代金をカウンターに置いて席を立った。

「教えてくれたことには感謝しているけど、それくらいなら、私がここへ来る意味ある？」

そう言われることは、理久も想像していた。リリにとって、この界隈に来ることはリスクしかないことは知っているからだ。

だが思わせぶりなメッセージを送ったのは、ここへ来て欲しかったから。もちろんそれには理由がある。

「だってただ情報渡すだけじゃ、俺にメリットないでしょ。ここは、売り上げがすべての世界なんだから」
サングラスにマスクでは、表情はわからない。
だけどリリが理久を睨《にら》んでいることは想像できた。

第二章　リリ【十六歳】

「あれ？　久しぶりだね」

リリが新宿に姿を現したのは一か月ぶりのことだ。だから、久しぶりと言われることには疑問はない。ただ、親しそうに話しかけてきている少女の名前が思い出せず「そうだね」と返事をしながら、リリの頭はフル回転していた。

レナ……ではない。エリ……でもない、と思ったところで、エナだったことを思い出した。

「エナも来てたんだ」

「まあね。お互い、タイミング合わなかったみたいだね」

エナが普段何をしているか、リリにはわからない。ここに来る人たちの中には、自分のことを知って欲しいとすべてをさらけ出す人もいれば、素性を隠したがる人もいる。明らかに年齢を偽っている人もいれば、学生証まで見せるオープンな人もいる。

エナはほぼ素性を隠していて、当然本名も知らない。知っているのは、利用している鉄道の路線くらいだ。一度、誰かが根掘り葉掘り質問をしたことはあったが、エナは貝が閉じたように口を開かなかった。

もっとも、リリも似たようなものだ。住んでいるところも、どこの学校に通っているかということも、誰にも言わなかったし、ここへ来るときは素顔からは想像できないほどメイクも濃くしている。ここには日常を持ち込みたくない、と思っていた。

「リリ、最近行った？」

どこに？ などと問い返す必要はない。少しばかり意地悪い笑みを浮かべているエナと言い争うのも面倒くさいリリは「親がうるさくて」と、答えるにとどめた。正確には、「親がうるさく言うから、お金を調達するすべがなかった」だが、そこまで説明をする必要はない。ここに来る子たちは、親が過干渉か、無関心かのどちらかだ。

「あー、一緒」

「え？」

絶対にマウントを取られると思っていたリリは、意外な返答に、少し拍子抜けした。

「うちの親もそう。金遣いがどうのって、もっともらしいことを言いながら、実際は世間体なんだろうね」

「……だね」

エナが自分のことを話すなんて珍しい、とリリは思った。

「くだらないって言われたんだ。推《お》し、なんて言っているけど、カモにされているって、どうしてわからないんだって。こっちだって、そんなことくらいわかってるよね」

よほど腹に据《す》えかねているのか、エナはリリに同意を求めるように強く迫ってくる。

でも、リリは素直に「そうだね」とは言えなかった。

大人が言うことは、いつだって金属でできた固い箱だと、リリは思っていた。

自分たちの正しさに間違いはなく、その言葉の箱の中に、子どもを押し込めようとする。そこに入れられたら、泣こうが叫ぼうが、助けを求める声は届かない。場合によっては、もっと頑丈な箱に閉じ込められる。

そしてどこかで、それは正しいのかもしれない、とリリも思うときがあった。学校を休んで遊び、素性のわからない人たちと付き合う。そんな自分の行動の危うさに、まったく気づいていないわけではなかった。

それでも、息苦しさに心が削られて、自分が消えていく感覚に襲われていた。そこから逃れたくて、リリは居場所を探したのだ。

「今日は行くつもりだよ」

リリが余裕を見せると、エナがカバンに視線を向けた。

「また、やったの？」

「関係ないでしょ」

「最近このあたり、警察が来ているから、見つかるとリリがヤバいってだけ。忠告だよ」

「違うし」

否定の言葉は上滑りした。

そして、嘘だということくらい、エナだってわかっているだろう。だが、それ以上は追及してこなかった。

ここは、嘘も本当もない場所だ。

真実でなくても、嘘だと思って話しているわけでもないときがあるから、追及するだけ無駄だ。それに、自分が関係していなければ、誰もそれほど興味はない。

「ま、上手く行くといいね。最近、新しい人が見つかったみたいで、リリのこと、忘れているかもだから」

捨て台詞《ぜりふ》を吐いたエナは、手を振りながら歩いて行った。

怒りなのかくやしさなのか、リリはエナの背中を見ながら拳を握っていた。しばらく深呼吸を繰り返して、どうにか気持ちを静めてから、リリは近くに座っていた、知り合いの一人に声をかけた。ただ知り合いではあるが、名前は――偽名すら知らない。お互い、気づいたときに「あ」とか「よ」と言って話し始めるし、用件は一つしかなかったからだ。

少年は夏でも長袖を着ていて、手足が隠れている。でも、袖口から見える手首は骨と皮だけだ。顔を見なくても少年を認識できるのは『ＱＬＴＡＭ』のロゴの入った帽子をいつもかぶっているからだ。

「いる？」

リリの短い質問に、声をかけられた少年は、顔を上げて「ああ……うん」とダルそうに答えた。いつものことだった。

「あるだけちょうだい」

「ダメ。ひと箱だけ」

「それじゃあ、効かないんだ」

「今、何錠飲んでいるの？」

「えー、そんなに飲んでないよ」

曖昧《あいまい》な答えに怖くなる。

「ちゃんと答えて」

「六十くらいかな」

「多すぎ」

以前にも似たような会話をしたと思ったが、相手が違う。あのとき見た少女はもう、ここにはいない。別の場所へ行ったのか、今日は来ていないのかは、リリにはわからなかった。

「お願い、頼むよ」

「ダメだってば」

「じゃあ、市価より高く買う。早く現金が欲しいんでしょ？」

「でも……」

リリは躊躇したものの、ダメ、と突っぱねられなかった。さっきエナが言っていた、他の客の存在が気になって仕方がなかったからだ。もちろん、一か月も行かなかったのだから、新しい客がついていることくらいわかっている。ただ、今でもリリの居場所があるのか、すぐにでも店に行って確かめたかった。

それでも、言われるがまま薬を売るのは躊躇する。リリが拒むと、少年はニヤッと口を開けて白い歯を見せた。

「入手方法は黙っておくから」

「――え？」

リリの心臓がドキッと跳ねた。

「それとも、最近よく警察来るから、言っちゃおうかな」

「そんなこと……」

そこまで言って、リリは言葉を続けられなかった。エナの話からも、警察官が見回っていることは確実で、告げ口するというのは脅しではないからだ。

リリが薬を手に入れる場面を、実際に見られたわけではないから、警察に告げ口されたところで、捕まりはしないだろう。都内にドラッグストアは星の数ほどあって、リリも用心して、この近くの店には立ち入っていない。だけどもし、店の防犯カメラを調べられたら、言い逃れができなくなる。

そしてこのことが、親に知られたら――。

リリの背中がぞわっとした。

「持っているの、全部売ってよ」

足元を見るように、少年が、ね？　と、わざとらしく小首をかしげる。言いくるめられるのは癪《しゃく》に障るが、少年はリリが薬を売らなくても、他から入手するだろう。

リリはため息とともに「五箱」と答えた。

「少なっ！　本当にそれで全部？」

疑う少年の前にカバンを開けて中を見せる。

カバンの中身を確かめた少年は、リリの言葉を信じたらしい。急速に興味を失ったように、つまらなそうな顔をした。

「じゃあ、それだけでいい」

「一度に全部飲まないでね」

「わかってるよ」

「絶対だよ。飲む量は増やさないでね」

「わかってるって。早くちょうだい」

言い争うことが面倒になったリリは、店頭で売られている値段に、さらに少し上乗せして、持っていた薬をすべて渡した。

普段なら、絶対にこんなことはしない。

だけど、さっきエナから聞いたことが気になっていて、早くこの場から立ち去りたかった。

薬を手にした少年は、もう、リリの存在など目に入っていない様子で箱を開けていた。


『シリウス学園』のドアの前に立ったリリは、見慣れた張り紙に笑みがこぼれた。

『十八歳未満の方の夜八時以降の入店はお断りいたします』と書かれているからだ。

「嘘ばっかり」

客の多くは十代の、それも明らかに中学生や高校生とわかる女子たちだ。リリは早めに帰るが、それでも夜十時までいたことはある。最初に身分証明書の提示はしているから、アルコールを自分で飲むための注文はできないが、キャストに贈る形なら話は別だ。それが結局、自分の口に入ったとしても誰も止めない。

ドアを開けると、今日はあまり客の姿はなかった。

「今大丈夫ですか？」

見知った顔がリリに近づいてくる。シュウだ。

「何、遠慮してるの。久しぶりに来てくれて嬉《うれ》しい。待ってたよ」

「本当に？」

「うん、別の人のところへ行っているかと思って、不安だったんだ」

来なかったことを咎められることはない。そればかりか、来てくれて嬉しいと言ってくれる。それがセールストークだということはわかっていても、リリはホッとした。

「私のことなんか、忘れているかと思った」

「俺が？　まさかあ。連絡だってしてたでしょ」

それは、リリがメッセージを送っていたからだ。店に通い詰めて、高額なドリンクを入れて、どうにか相手にしてもらっているが、いつ応答がなくなるのかと思いながら、毎日祈るように連絡していた。

ただ、リリの足が店から遠のくと、返信は遅くなっていき、最近では三日後くらいに、そっけないメッセージが送られてくるだけだった。

それを読むと、もう店に行くのはやめようと思っていても、しばらくするとまた足が向かってしまう。

リリがメンコン──メンズコンセプトカフェに来ることになったきっかけは、一年くらい前に同級生に誘われたからだった。

ホストクラブと違い、リリと同世代の女の子が出入りしていることもあってか、ハードルは低かった。が、実態はホストクラブとさほど違わない。店によって異なるが、年齢制限のない場所もあり『シリウス学園』と名付けられた店もまた、十代の少女たちが多く出入りしていた。

最初に店に訪れた前夜、リリは母親と喧嘩《けんか》した。いや、喧嘩というには一方的で、高校受験もあるのに、リリが学校を休みがちなことに、母親がキレた。リリは中学受験を失敗している。今通っているところは、志望校の中で一番偏差値の低い学校だった。当然母親は、次は高校受験とばかりに、中学一年のころからリリを学習塾に通わせた。やる気のないリリにいくら鞭《むち》を打ったところで、親が期待するほど走れるわけではない。どう考えても無謀だろうと思うレベルの学校を志望校に据えられ、常に勉強しろと口うるさく言うようになっていた。父親も同じ考えだと言うが、そもそも単身赴任であまり顔を合わせることがないから、実際のところどうなのかはよくわからない。ただ、暴走する母親のストッパーになる存在ではなく、リリの息苦しさは変わらなかった。

そのうち嫌気がさして、学校もサボりがちになった。母親が仕事へ行っている間は、家に居場所があったからだ。やがて休みがちになった学校の代わりに足が向いたのがメンコンだったというわけだ。

もっとも、一緒に行った同級生は思ったほどはまれなかったのか、二回目はしぶしぶで、三回目にはもう、リリ一人で行くようになった。怖さよりも楽しさが勝った。

「奥の席に座って待ってて。いつものでいい?」

シュウの問いに、リリはうなずいて指定された席へ行く。

注文するドリンクはいつも同じだ。初めて店を訪れたときから、最初に頼むドリンクは、ガムシロップもミルクも入れない、ストレートティーだ。でも本当は、アイスティーが特別好きなわけではない。メニューの中で一番好きなのはリンゴジュースだし、その次に好きなのはオレンジジュースだ。

だけどジュースは子どもっぽいような気がして、最初にアイスティーを頼んだら、ずっとそれが出てくるようになった。コーヒーは苦くて、ミルクと砂糖を山のように入れないと飲めないから、頼まなかった。それでは大人っぽくないと思っていた。

「お待たせしました」

『学園』をコンセプトにしているものの、もともとはバーを経営していた店をそのまま使っているのだろう。入り口の近くにはカウンターがあり、あとはいくつかのテーブル席とソファが置いてあるだけだ。ただ、店の一番奥に『生徒会室』と札がかかったスペースがある。そこだけは衝立《ついたて》で仕切られていて、席は隠れている。個室ではないが、二人きりの空間にいるような気分になれる。

初回から座れる席ではない。何度目かの『お得意様』だけが入れるスペースに案内されたことで、まだ自分が少しは特別なのだと思えた。

リリの向かいに座ったシュウは、写真と同じ笑顔を見せた。

「忙しかった？」

「んー、まあね。でも、シュウのほうが忙しいでしょ」

暗に連絡の返事が遅いことをにじませると、シュウは「リリの負担を減らしたくてさ」と言った。

「俺が会いたいって言ったら、リリ無理するでしょ。負担になりたくないから」

シュウは目を細めて、優しいまなざしをリリに向ける。口角の上がり方が、静止画のように完璧に左右対称だ。自分が一番格好よく見える角度を知っていて顔を作っているのだろう。一緒に来た友達は「どうせ、見かけだけじゃない」と言っていたが、シュウは大学もかなり名の知れたところに通っている。ルックスも学歴も、リリよりはるかに上を行くシュウに優しくされると、自分が認められたような気分になった。

「ありがと」

もっとも、それがどこまでが本当で嘘か——いや、この空間にいる間は本当であっても、一歩外へ出れば、なんの保証もない言葉だということは、リリだって知っている。それでもここへ来てしまうのは、心地よさが忘れられないからだ。

裏のなさそうな笑みを浮かべたシュウが、リリと肩が触れ合うくらいに距離を詰めた。

「俺、先月トップになったんだよ」

「凄い！　おめでとう」

「リリが来てくれなかったから、不安だったんだけどね」

店での売り上げは、客がいくらシュウにお金を使ったかで決まる。一緒に写真を撮るのに一枚千円。それで売り上げのランクが決まってくる。もちろん、ドリンク――ボトルを入れても、売り上げに直結する。

初めて推しにしたのは、シュウだった。二度目に来店したときに決めた。

中性的な顔立ちが多いキャストの中で、少しエラの張った輪郭に切れ長の目元のシュウは、自分の顔にコンプレックスを抱いていたようだった。それでも頭の良さと話術もあって、店内で十五名はいたキャストの中で、上位にランクされていて、リリがどっぷりとはまるのに時間はかからなかった。リリの寂しさを見抜いて、上手く手のひらの上で転がしていた――ということは、あとになって気づいた。

リリは頻繁に店を訪れ、かなりの額をシュウに使った。最初のころは自分の貯金から。比較的裕福な親族が多かったため、お年玉だけでもかなりの金額をもらっていたこともあって、中学生にしては高額な貯金を持っていた。

だがその金は、恐ろしい速さで消えた。できるだけ会いたい。会ったときには優しくして欲しい。それも、他の人よりももっと、特別に扱って欲しい。その気持ちは、金銭でしか表すことができない場所だからだ。

金が尽きても、中学生のリリはバイトができなかった。それに、通常の仕事で稼げる金額などたかが知れている。できるだけ短時間で多額の金を手にするには――。

食事をするだけでお金をくれる人もいる。身体を売れば手っ取り早く高額な金を手にできる。でもリリは、それだけはしたくなかった。それは、同じ場所にいながら、どこかで彼女らを見下していたのかもしれない。自分は違う、と。

とはいえ、一人になる寂しさにあらがえなかった。

自分勝手だとわかりつつ、リリは別の方法で金を得ることにした。罪悪感は抱いたが、どちらも犯罪なら、自分が傷つかないほうがいいと思った。

だけど、何度か危うい思いをしたこともあり、おのずと店から足が遠のいた。

リリが来ない間に太客《ふときゃく》が付いたことは聞いていたから驚きはしなかったが、胸がチクチクと痛んだ。自分以外の人間に、シュウが傾いていくのを実感したからだ。

「そっか……良かったね」

でも、それを嫌がる資格などない。

それにリリは、ここへ来るのを、もうやめよう、これで最後にしようと思っているから、次への約束はできなかった。

シュウの指が、リリの毛先に触れた。

「今日もかわいいね」

「いつもと同じだけど」

「だから、いつもかわいいって言ってんの」

「それ、みんなに言ってるでしょ」

「本心だよ」

否定しないことに、シュウの誠実さが表れているのかもしれない。でも、そうとわかっていても嬉しくなってしまう。

「最近、親とはどう？」

「んー、相変わらず。いつも通り、学校へ行け、勉強しろ、私の顔を見るとそれしか言わない」

シュウには、最初のころに、親と上手くいっていないことを話していた。

「大変だね」「頑張っているよ」「そのままでいいんだよ」

リリが欲しい言葉を、シュウはくれる。今となっては、その言葉を得るためにお金を使っていたとわかるが、最初のころは自分のすべてを理解してくれる、となぜか思っていた。

今はそうでないことを頭で理解しつつも、心が言葉を求めてしまう。

「リリはきっと、これから自分の夢とか見つかると思うよ。で、それが見つかれば夢中になれるはずだよ」

「そうかなあ……」

「そうそう。あ、画家とかどう？　前に、俺の似顔絵描いてくれたでしょ。あれ、すごく上手だったじゃない」

「あんなの、落書きだよ」

「そんなことないよ。本当に上手だった。俺の部屋に飾ってあるよ」

「まさかあ」

「本当だって」

「じゃあ、今度その飾ってあるところの写真を送って」

「いいよ」

当然のように了承するが、こういったやり取りをしたとき、シュウが写真を送ってくれたことは一度もなかった。訊ねたら「忘れてた。今、手が離せないからあとでね」とはぐらかされることを知っている。

シュウが「あっ」と声を漏らした。

「そう言えばさ、この前このお店に、漫画家が取材に来たよ」

「へえ……」

シュウが口にした漫画家の名前は、聞いたことがなかった。検索すると、すぐに書影が出てきたから、本物らしい。

「お客さんの情報、私に教えて大丈夫なの？」

「構わないよ。ここに来る女の子たちにも取材してて、知っている人は結構いるから。コンカフェを舞台に漫画を描くんだって。俺も登場させてくれないかな」

「そしたら、絶対読むよ。いつ読めるの？」

リリが前のめりで訊ねると、シュウはもう、その話題には興味を失ったのか、さあ？　と軽く肩をすくめた。

「えー、もっと教えてよ」

「何、俺より漫画のことが気になるわけ？」

「そうじゃないけど、プロがシュウを描いたらどんな感じか見たいから」

リリが描いたのは本当に落書きだ。シュウは褒めてくれたが、その八割はお世辞だということくらいわかっている。

「プロと言っても、似顔絵じゃないから、雰囲気変わるでしょ。漫画のことはわかったら連絡するよ。そんなことよりさ……」

シュウが衝立の向こうを気にするようにしながらも、リリの肩を抱いた。

「写真撮る？」

シュウは片手を伸ばして画面に収まるように、スマホの角度を調節している。

「突然どうしたの？　スマホはダメでしょ」

「だから、リリだけ」

インスタント写真は一枚千円だ。だけど、スマホでの撮影は禁止になっている。最初のころに頼んだことはあったが、何度お願いしても、首を縦には振ってもらえなかった。

「最近、来てくれなくて寂しかったからさ。こうすれば離れている間も見返すことができるから。特別だよ」

「特別」という言葉はどんなスイーツよりも甘く、どんな強いアルコールよりもリリを酔わせてくれる。

笑顔を作ると、シュウはシャッターを切った。

「送ってくれる？」

「うん、あとでね」

写真を送ることなど、スマホを少し操作するだけで、すぐに終わる作業だ。でもそれも「あとで」だ。

ああそうか、とリリは思った。これはもっとシュウにお金を使わないと、送ってくれないということだ。

さっき薬が売れたから、今は少しだけ懐に余裕がある。だけどシュウを満足させるほどの額ではない。その気になれば、一瞬で消えてしまう。どうしようかと悩んでいると、シュウがメニューを手にした。

「悪いけど、少ししたら席を外すと思うよ」

「え？」

「ごめんね。リリ次第では、またすぐに戻ってくるけど」

「まったくもう」

リリはシュウの手からメニューを奪った。シュウは高額なドリンクを注文しろと言っているのだ。

「飲もうか」

メニュー表の中で、一番高いものは払えない。だけど、持っているお金をすべて使えば、頼めるドリンクもある。

「えー、悪いよ。無理しないで」

「でもこれで、もう少し一緒にいられるでしょ?」

「あーもう。リリってばかわいいなあ。大好きだよ」

手を握られれば、まあいいか、と思ってしまう。嘘ばかりの時間を買っているとわかっていても、この瞬間だけは、忘れることができた。


シュウを自分のもとに引き止めておけたのは、それほど長い時間ではなかった。

そして、これで最後にしようと思っていたのに、やっぱりまた行ってしまう。あの場所がなくなったら、リリはどこへ行けばいいのか、わからないからだ。

自分が、自分らしくいられるところ。

それがあの店ではないことはわかっていても、次の場所が見つけられないリリは、それからも金を作っては、シュウに会いに行った。でも、行く回数も使える金額も少なくなっていくと、どんどん雑な対応をされた。

シュウに大切にしてもらうには、お金が必要だった。

リリは三日ほどかけて、十を超える店舗を回り、いつものように薬を求める人たちのところへ行った。

「あ、リリだ」

歓迎ムードの声で、リリに近寄ってくる少女がいた。香月瑠奈《かづきるな》だ。それが本名だとわかるのは、中学校の学生証を見せてきたからだ。甘えたがりの寂しがりや。いつも誰かと一緒にいたいらしく、一人になるのを怖がっていた。リリにもよく絡んでくるが、目的は決まっている。

「ねえ、薬ちょうだい」

「どのくらい？　今日は瓶もあるよ」

「何錠入りなの？」

「一番大きいのは一瓶百二十錠かな。それは二瓶しかないけど」

「あ、じゃあそれを全部」

「わかった」

「え、売ってくれるの？　リリって、いつもそんなにいっぱいはダメって言うのに」

「まあね。その代わり今日は安くないよ」

「えー、あ、うんいい。それでいい」

瑠奈は一瞬だけ異を唱えそうになったが、リリの気持ちが変わらないうちに薬が欲しいのだろう。そそくさと財布から一万円札を二枚ほど出した。どうやって得たかを訊くつもりはないが、不健康そうだな、と思いながら金を受け取った。

リリにしてもまだカバンの中には大量の薬がある。早く売って現金にしたい。瑠奈との取引が終わると、ぞろぞろと、リリの周りに人が集まってきた。

個数制限をかけなければ、薬はあっという間になくなる。値段も、市価より高いくらいなのに、だ。

「まだある？」

背後から声をかけられて、リリが振り向くと、背の高い男がいた。こげ茶色のレンズが入ったサングラスをかけ、短髪で背が高いから威圧感がある。遊馬《あすま》晃臣《あきひと》、十九歳。以前瑠奈に、遊馬のSNSのプロフィール画面を見せられて、彼には気をつけろと忠告されていた。

「ない」

「ずいぶん派手に売ってたな」

サングラスのせいで遊馬の瞳は見えない。だが、グラス越しに睨まれているのは、低い声から伝わってきた。

刺激しないほうが無難そうだ。

「今日だけだから見逃して」

実際、一日でここまで大量に売ったことはなかった。

「いや、この前も売ってた」

どうやら、目を付けられていたらしい。

「まあ、一度に売りさばく量は少ないし、毎日ってことでもない。だけど、定期的にここで売っている。それ、どうやって仕入れてる？」

「ちょっとね……」

本当は、関係ないでしょ、と言いたかった。だが、遊馬を怒らせたらどうなるかわかったものではない。

リリは少しずつ距離を取るように足を動かす。

だが遊馬は、リリが動いた分だけ近づき、口元をにやりと歪《ゆが》めた。

「盗《と》ったよな」

「してないし！」

遊馬もそれ以上は追及してこなかった。

「まあいい。これ以上、ここには来るな」

なぜ遊馬に、こんなことを言われなければならないのかわからない。

ここは、誰のものでもない。行き場がない人たちが、居場所を求めてやってくるところだ。

それなのに、まるで自分のモノのように言うのが、気に入らなかった。

「そんなの、私の勝手でしょ」

遊馬がリリの首元に手をかける。

「なるほど。じゃあ、俺がここで何をしようとも勝手だな」

遊馬の手には力は入っていない。だが、一瞬で首を絞められてしまうところにある。そして筋肉質の腕を見れば、やられてしまうことは想像に難くなかった。

リリの足が震える。

「もう一度言う。ここで勝手なことをするな。店に出入りすることまでは目をつむる」

もしかすると、遊馬もリリと同じように市販薬を売って利益を得たいのかもしれない。リリがいなければ、競争相手が減る。その分、遊馬は高値で売れるかもしれない。だから、リリの動きを止めたかったのだろう。

「別に、いつまでも続けるつもりはないし」

「じゃあ、今日でやめるんだな」

遊馬の指に力が入った。大きな手は、片手でリリの首を楽々つかんでいる。あと少し力を込めれば、リリは物理的に呼吸を止められてしまう。

とはいえ周囲に人はいる。チラチラと、こちらをうかがう様子はある。リリが本気で助けを求めれば、誰かがくるだろう。

これは脅しだ。

「わかった」

リリが了承すると、遊馬の指が首から離れた。

軍資金を得たリリは、すぐに『シリウス学園』へ行った。そしてその日、久しぶりにシュウと楽しい時間を過ごすことができた。


前回のシュウとの時間が忘れられず、数日後、リリはまたドラッグストアへ行った。それまで近所の店は避けていたが、最近はダミーの空き箱をレジで交換する店も増え、思うように薬を手に入れられない。いくつかの店を回ることを考えたら、顔見知りがいるかもしれない自宅近くの店にも、行かざるを得なかった。

だが、いつものようにドラッグストアで薬をカバンに入れると、店を出たときに「ちょっと」と、声をかけられた。

初めて捕まったことに、リリは頭の中が真っ白になった。

ヤバい、ヤバい。こんなことしていたら、シュウに会えない。

今日はもう、行くって連絡したのに。

待っているって、返事もあったのに。

それでもかろうじて、リリは叫ぶのを堪《こら》えた。バレたら面倒なことになることだけはわかっていたからだ。

店のバックヤードに連れて行かれ、親の連絡先を口にしたのは、捕まってから二十分くらいしてからだった。

険しい表情で店に来たリリの母親は、床に頭が付くかと思うばかりの勢いで謝罪をした。

「大変申し訳ありません」

怒りと悲しみと、そして困惑が混ぜ合わさったような表情をしている母親を見たことは、これまで一度もなかった。

「本当に、本当に申し訳ありません」

リリも一緒になって頭を下げた。何が悪かったのか、正直なところよくわかっていなかった。

もちろん、万引きをすれば捕まることも、店の物を盗るのは悪いことだというのも知っている。だけど、何度も繰り返してきたことで、いつの間にか罪悪感は薄れていた。

ただ、母親の様子を見ていると、少なくとも尋常でないことをしたのは理解できた。

幸いその日は母親が代金を支払い、帰ることを許された。

だが帰り際、店の人が言った。

「一応、初犯だから今回は学校にも言わないでおくけど、慣れているよね?」

捕まったのが初めてだっただけでしょ、と暗にほのめかされた。

「あ……えっと……」

リリは、うん、とは言えなかったが、違うとも言えなかった。

「自分で飲んでたの？　薬は、決められた使い方をしないと、身体に悪いんだよ」

リリに向けている眼差《まなざ》しは、心配も含んでいた。

商品を盗まれた店の人がなぜそんな顔をするのかと疑問に思ったが、売ったお金で遊んでいたリリには、訊ねることなどできるわけもない。

結局「はい」とだけ答えて、店をあとにした。


自宅に着くと母親に叱られ、夜になると父親からも電話でさらに怒られた。

何が不満だ、どうしてこんなことをしたんだ、と訊かれても、答えようがない。眠っているとき以外はずっと不満で、シュウに会っていたときだけが、何もかも忘れていられたからだ。もっとも最近は、その時間も前ほど楽しめない。

「お前は、いったい何がしたいんだ！　自分の将来をどう考えているんだ！」

受話器越しに怒鳴る父親の声は割れていて、聞き取りづらかった。それでも怒っていることは十分伝わってきた。

父親は、小学生のころには建築士になりたいと思っていたらしい。そのまま夢をかなえた父親には、リリの気持ちなど理解できるわけがない。

リリのそばにいる母親は、泣きながら何度となく同じことを口にしていた。

「やればできるはずなのに、どうしてやらないの。勉強だって、もうちょっと頑張れば、もっと上の学校に入れたのに……」

親の価値観は、やっぱり学歴だけだ。こんな場面でも変わらないことに、リリは絶望的な気持ちになった。

「それに盗んだ薬はいったい、どうしていたの？　私が見た感じでは、自分で飲んでいないでしょ？」

「……いつも家にいない人たちが、そこまでわかるわけ？」

「これが初めてのことだったら、気づかないでしょうね。でも、お店の人の話しぶりだと、もう何度もしているんでしょ。それなのに、一度も私が気づかないなんておかしいじゃない！」

激昂《げきこう》する母親もまた、子どものころに新しい薬を作りたいという夢を抱き、製薬会社に入った人だ。母親の祖母、リリからみると曽祖母になる人が病気で、母が小学生のころに亡くなっている。それを見て、自分が病気を治す、と思ったという。

夢のために努力をして、それをかなえた人からすると、今のリリはゴミのように思えるに違いない。

顔を真っ赤にして泣いている母親は、リリの胸倉をつかんだ。

「これまで盗んだ薬、どうしたの？」

売ったことを認めればさらに怒られる。飲んでないと言えば、どこへやったと訊かれる。自分で飲んだと言えば、すぐにでも病院に連れていかれるだろう。

だからリリにできることは、黙っていることだけだった。

「答えなさい！」

何度怒鳴られてもリリが口を閉ざし続けると、親のほうが先に音をあげた。

だからといって、無罪放免ではなかった。当面、学校以外の外出は禁じられた。

とはいえ、両親が仕事を休むわけもなく、ＧＰＳで管理されるだけだ。

翌日、リリは学校から自宅へ帰ると、制服から私服に着替えて、スマホを置いて再び家を出た。

財布よりもスマホがないと落ち着かない。電車に乗るのも不便だし、誰かから連絡がきているか――と、一番気になる相手には、これから会うのだから、何とか我慢できた。仮に親から連絡が来ても、寝ていたと言えば、大事にはならないだろう。

財布にはそれほど残っていなかった、リリの全財産が入っている。

店につくと、シュウの姿がなかった。

リリは新顔の店員にシュウが出勤しているかを訊ねた。

「今、ちょっと出てます」

「買い物とか？」

「あ、俺は詳しくは聞いていないので」

言葉の濁し方で、外で客の相手をしているのがわかった。

「せっかくなので、ゆっくり待っていてください。俺、ドリンク作れるんですよ。もちろんノンアルで作りますから」

理久と名乗った男性は、人懐っこい笑みを浮かべた。

「理久さんは、何歳なの？」

「二十二です」

瞬時に嘘だと思った。老け顔ではないが、チャラそうに見えて、妙な落ち着きを感じた。

「本当は何歳？」

リリが問い詰めると、理久は周囲を見回してから、「二十四」と答えた。

「二十四の新人……」

「この店にいるときは、二十二歳の理久です」

「どうしてこの店に？」

「大人はいろいろあるんです。まあ、方向性の違いってやつ？」

「そんな、バンドの解散理由みたいな……」

ドリンクを作れると言うだけあって、理久は手際よくシェイカーを振っていた。初めてアイスティー以外の物を頼んだ。

「私のこと気にしなくていいから」

シュウを待っているだけだから、あなたには用はないと暗に伝えても、理久はあまり気にした様子はなかった。

「推しを変える気はないんですね」

「うん、今日で最後にするつもりだから」

「その言葉、シュウさんに会っても言えますか？」

新人の理久に見抜かれていたことが面白くなかった。ドリンクは人工的な甘い香りがした。

「そういえばリリさん、撮影ＮＧですか？」

シュウ以外と写真を撮ってはダメだと思っているのだろうか？

意味がわからず、リリが「撮影って？」と訊ねると、このあと取材で写真を撮る人が来ると説明された。

「テレビとか雑誌？」

「いえ、そういうんじゃないです。あ、いらっしゃいませ」

店のドアが開くと、リリの親と同世代くらいの、ジャケット姿の男性が一人で店に入ってきた。

メンズコンセプトカフェに、男性が一人で来るケースはほぼない。

「先日はありがとうございました。今日は突然、お願いして申し訳ありません」

「今なら、すいているので大丈夫です、と言われています。お好きに撮影してください。ただ、お客様を写す場合は、了承を得てからにしてくださいとのことでした」

理久はオーナーから言われていることを、そのまま伝えているようだ。撮影に来た男性は、特に質問をすることなく、うなずいていた。

男性は入り口に一番近いイスにカバンを置き、スマホを出した。それを見てリリは少し驚いた。撮影というから、てっきり大きなカメラで撮るとばかり思っていたからだ。ただ、よく考えれば男性が持っていたカバンは書類などを入れる厚みのない横長のもので、そこには大きなカメラは入りそうもなかった。

「じゃあ、奥のほうから撮影させていただきますね」

どういうことだろう?

しばらくリリがドリンクを飲んでいると、スマホを手に男性が戻ってきた。

「あの、飲んでいるところを撮ってもいいですか?」

「SNSとかに載せるんですか?」

さすがにそれはまずい。親に見つかる可能性は低いだろうが、どこでバレるかわかったものではない。

男性の目的がわからないリリが警戒心を見せると、「そういうのはないです」と、ジャケットの内ポケットから名刺入れを出した。

「私、永陽《えいよう》出版の出水《いでみず》と申します」

雑誌の取材？　と思ったが、名刺には『月刊ダイヤ』とあった。

「青年向けの漫画雑誌です。知らないですよね」

「ごめんなさい……」

「先日、私が担当している先生と取材させていただいたのですが、なぜか一部データが消えていて、再度撮影させてもらうことになったんです。先生は地方にお住まいなので、撮影だけなら私でもと思いまして」

そういえば、シュウが漫画家の人が取材に来たと言っていた。

「そういうことなら、写真がどこかに載るってわけじゃないんですよね？　だったら、いいですよ」

ちょっと面白そう、と思うのは、自分の知らない世界だからかもしれない。

「こういうことって、よくするんですか？」

出水はリリに向けていたスマホを下ろした。

「取材ですか？　題材にもよりますし、描かれる先生によってもまちまちですが、珍しくはないですね。漫画家さんによっては、自分で取材先を決めて、一人で見てこられる人もいますから、必ずしも編集者が同行するわけではありませんけど」

「これまでどんなところへ行きましたか？」

出水は、うーん、と悩まし気に声を漏らした。

「一番普段の生活からでは見られない場所となると、自衛隊ですかね。子どものころから戦闘機の図鑑とかを見るのが好きだったので、テンションが上がりました。少しだけ訓練にも参加させてもらいましたし。翌日動けなくなりましたけど」

「へー……」

リリにとっては、それほど興味のないことだったせいか、そっけない返事になってしまった。

それが伝わったらしく、出水が苦笑していた。

「普段の生活では見られない場所を見せてもらえる楽しさはあります。そういう意味では、こういったお店も、私には縁がなかったので、興味深いです」

「知っても、どうってことないと思うけど」

出水がリリにスマホを向ける。距離を取って店の全景が入るようにしながら、何回かシャッターを押していた。

「もちろん、知らなくても生活はできます。でも漫画家の先生たちは、もっといろいろ経験をしておけば良かったと言います。知っていることと、知らないことでは、描き方が変わってきますから」

「そんなものなのかなあ……」

リリの両親は、メンコンなど存在すら知らないかもしれない。でも、そのことを少しも悔いているわけではないし、恥じているわけでもない。むしろ、娘がこの世界に入り浸っていることを知ったら、烈火のごとく怒るだろう。

「知識があって損をすることはありません。今の経験が生きるときがきっとありますよ」

出水はそう言って、店をあとにした。

「こんなことが経験になるとは思えないけど……」

出水が帰って少しすると、シュウが店に戻ってきた。

「シュ――」

最後まで言えなかったのは、店に入ってきたのはシュウ一人ではなかったからだ。シュウの隣には、ぴったりとくっつくように、リリより少し年上の女子がいた。

リリに気づいたその女子は、余裕の笑みを浮かべている。

シュウは特に狼狽《ろうばい》する様子もなく、リリに近づいてきた。

「あれ、来てたんだ。いつからいた？」

「三十分くらい前、だけど……」

来ることは伝えておいた。だが、すっかり忘れたかのようにふるまっているシュウは、意外なことを口にした。

「タツって知ってる？」

あまりにも予想外なことに、リリの反応が遅れると、待ちきれないとばかりにシュウが話す。

「広場の隅にいるガリガリの男子。リリより少し上かな。いや、顔もちゃんと見たわけじゃないけど、栄養失調みたいなヤツ」

「あ……『ＱＬＴＡＭ』のロゴの入った帽子をかぶっている人？」

「そう、ソイツ」

「どうかしたの？」

「泡吹いて、救急車で運ばれてた」

「え？」

「一気に飲んだんだろうなあ」

シュウの言葉を遠くに感じながら、リリの足が震えた。

救急車で運ばれる人は、そこまで珍しくはなかった。たいてい、いつの間にかまたやってきて、街の中に溶け込んでいる。

だから少年も大丈夫。そう思おうとするが、やっぱり怖い。

「ねえ、いつまでここで話してるの？」

女子はシュウの腕をつかんで引っ張ろうとしている。

シュウは隣にいた女子に、先に店の奥に行くように言ってから、リリの耳元でささやいた。

「アイツに薬売ってたよね」

見られていたのか、誰かに聞いたのか。シュウの言葉には確信を持っている響きがあった。それが事実なだけに、リリは否定できない。

「ほどほどにしたほうがいいんじゃない？　あんまり派手にやると、パクられるよ」

シュウは「ほどほど」というところを少し強調するような言い方をしていた。

「別に、俺には関係ないけどさ」

じゃあね、とシュウはリリを残して店の奥へと行った。

恐らくシュウは、リリはもう、自分のために金を使う客だと思わなくなったらしい。それ以上に魅力的な打ち出の小づちを見つけたから、面倒な客はいらないと判断したのかもしれない。だが何より、自分がしたことの結果を知ってしまって怖くなった。わかっていたことなのに、見て見ぬふりをしてきた現実が一気にリリに覆いかぶさってきた。

ここにはいられない。

リリは代金を支払うと、逃げるように店から飛び出した。

第三章　小野川葵【十七歳】

二学期が始まった。だが、九月になっても暑さは変わらない。

夏休み中も文化祭の準備で部室に来ていた葵と由利は、変化のない気候もあって、授業が始まってからも、休み気分は抜けきらなかった。

文化祭では、二人で本を作ることにしていた。もっとも、時間も予算も限られている。何より葵は、投稿用の漫画も描きたい。由利にしても、何点もイラストを描くのは難しく、何を載せるかに頭を悩ませた。

それでも方向性が決まると、二人は一分一秒すら、時間が惜しいと思いながらペンを走らせた。

そんな時間のない中、普段なら放課後にしか来ない部室に、葵と由利は朝から集まっていた。二人で机の真ん中に置いた、今朝発売されたばかりの雑誌を立ったまま見下ろしている。早朝からオープンしている書店で購入してきた。

葵は震える手で、目次を開く。

「ええと、二百五十三ページから、と」

目的の場所を確認する。だがそこを避けるように、葵は冒頭のプレゼントページを開いた。

「今月は、『マイナス三℃の世界』の全員プレゼントだって。あー、巻頭カラーだ。そうだよね、四巻が発売されるしね。ようやくオリンピックが開幕するでしょ。誰が勝つか——」

「葵さん！　現実逃避をしてないで、早く二百五十三ページ開いてください！」

丁寧に話してはいるが、由利の口調には、有無を言わせない強さがあった。

「見ようと思えば、日付が変わってすぐに、電子書籍で確認できたのを我慢していたんですから！」

それを言われると葵は言い返せない。どうしても一緒に結果を確認して欲しいと、葵が頼んで、いつもより三十分早く登校してもらったからだ。

「ごめんって。でも、結果を知ったら、希望が無くなるじゃない」

「雑誌が発売された今、見ようが見まいが、結果は同じです」

確かに結果は変わらない。そして、望外な結果でないことはすでにわかっている。

それでも、だ。それでも、この前葵が投稿した結果が、どうであったかこの雑誌に書いてあると思うと、見るのが怖い。

とはいえ、一時間目の開始が迫っているため、葵は勢いよく雑誌を開いた。運がいいのか悪いのかわからないが、目的の二百五十三ページが一発で出た。

投稿の結果は、上位受賞から順に掲載されている。真っ先にデビュー！　という大きな文字が目に入った。そこには葵の名前はなかった。

「こういう人には、事前に連絡が行っているって話だよね」

だから、連絡がなかった葵は上位にいるとは思っていない。ただ選外の中でもランク分けがある。それに入選していても、下位のほうだと連絡がないという話を、ネット上で見たことがあった。

チラッと隣にいる由利をうかがい見る。出版社によって違いはあるかもしれないが、一度入選している由利に訊けば、そのあたりのことがわかるかもしれない。ただ、今はそれを訊くタイミングではなかった。

「葵さん、次のページをめくってください」

「ごめん、ごめん」

さすがに覚悟を決めた。葵はページをめくる。

直視したくないが、結果は気になる。薄目で素早くページの端から端まで目を走らせた。

「あ！」

先に反応したのは由利だった。ココ！　と、弾んだ声で左側のページの一番隅の場所を指さした。

「うわあ……」

期待賞という名前で、小さく名前があった。プリクラよりも小さいが、扉絵の一部も載っている。賞金三千円。賞と名の付くものの中で一番下のクラスではあるが、前回と比べると一歩前に進んでいた。

「嬉しい……」

タイトルは『落とし物』。買ったばかりの消しゴムを授業中に落としてしまい、それを捜し回る一日、という十六ページの漫画だ。いろいろ考えているネタの中ではずいぶん小ぢんまりとしているが、壮大な物語は、葵には短い枚数で収めることができなかった。

選評を読むと、やはりまだ絵が粗いということと、ストーリーに広がりがない、とのことだった。

指摘されていることは、葵も自覚していた。だから、結果が嬉しくても満足はしていない。ただ、わずかでも成長していることが嬉しかった。

「良かった」

少しだけ、明るい場所に近づいたように感じていた。


文化祭には、全部で十六ページほどの本を作った。すべて学校のコピー機で白黒印刷したものだ。できれば表紙だけでもカラーにしたいと本沢に頼んだが、迷う素振りもなく却下されてしまった。理由は「高いから」だ。

表紙だけ少し厚みのある紙をもらえたが、何かの余りらしく、全部で十五枚しかなかった。

漫研の部室の前の廊下に長机を置き、そこに今回作った十五部を並べる。

葵と由利は、誰が持って行くか気になり、ずっとそれを見張っていた。

「先生がポケットマネーで、紙くらい買ってくれてもいいのに」

「それは、葵さんの描いた作品のせいじゃ……」

「えー、面白く描けたと思うんだけど。投稿作と違って肩の力が抜けて、良い感じにオチもつけられたし」

「まあ……面白かったとは思いますけど」

由利の歯切れが悪い。

文化祭用に描いたのは、学校にいる教師の名前を少しずつ変えて、三頭身キャラにした作品だ。教師の言動や口癖をやや誇張して登場させている。

「本沢先生以外に見られたら、マズくないですか?」

「でも本沢先生、一部持って行ったよ? 宮本《みやもと》先生や、田村《たむら》先生に見せるって」

ヤバッ……と、由利がつぶやいた。

「大丈夫だよ。シャレのわかる先生しか登場させてないから」

一年生の由利よりも、その辺は葵のほうがわかっているつもりだ。

それに葵の漫画以外に、由利はイラストで、そして本沢にも参加してもらっている。さすがに本沢は絵を描かなかったが、これまで読んだお薦めの漫画を熱く語ってもらった。

「由利が描いた表紙、やっぱりいいよねえ」

何度目かの讃辞に、由利は「もういいですよ」と、そっけない返事をした。

「それより葵さん、時間は大丈夫ですか？　十二時半から一時半まで、クラス当番って言ってましたよね？」

そう言って由利が葵に向けたスマホには、十二時二十八分と表示されている。

驚いた葵は、喉が詰まった感じで「ヤバ」と声が漏れた。

「由利はクラスのほうはいいの？」

「事前にできることをしたので、文化祭当日の係は外してもらいました」

「そうなんだ。じゃあ、私ちょっと行ってくる。ここ、ヨロシク！」

「戻ってくるとき、ドーナツ買ってきてもらえませんか？　葵さんの教室の隣で売っていると思うので」

「オッケー。適当にチョイスするね。リクエストがあったら、あとでメッセージ送って」

二階にある葵のクラスは教室でダーツや輪投げなどのゲームを行っている。得点によって景品――駄菓子がもらえるという、準備も手間もかからないものにした。ヤル気のなさが表れているが、葵もクラスより部活のほうに力を入れたかったこともあり、異論はまったくなかった。

当番も一時間ほどで交代できる。

だが、混み合う廊下を縫うように走って教室へ行った葵は、「やっぱいい」と、その前の時間から当番をしていたクラスメートに教室を追い出された。

いつの間にか仲間内で遊んでいて、部外者お断りの状況になっていたらしい。

「人は足りてるから。小野川さんはせっかくの文化祭、楽しんできて」

葵がいたほうが邪魔なんだろうと思っても、そこは顔に出さない。

「ありがとう。じゃあよろしくー」

見回りの教師に見つからないうちに逃げようと、葵は漫研の部室の前に走った。

「もっと早く言ってくれれば良かったのに」

愚痴がこぼれるが、葵も助かったと思っている。当番などやりたくないし、由利と一緒にいるほうが楽しい。

階段を一段飛ばしで駆け上がり、漫研の部室を目指す。が、階段を上りきり、部室の前の廊下が見える角を曲がったとき、葵は足を止めた。

「あ……ドーナツ買うんだった」

どうせなら、ドーナツだけでなく、他にも何か買っていこうか。

そんなことを考えながら、葵は駆け上がったばかりの階段をまた、下りていた。

「一冊減ったんだ！」

ドーナツを頬ばりながら、葵は部誌を指さした。

机の上には、ドーナツとたこ焼き、そしてチョコバナナがあった。手早く買えるものを選んだら、微妙な取り合わせになってしまった。

「はい！　一人だけもらってくれました」

「そういえば……由利、誰かと話していたね」

葵は、ドーナツを買い忘れて戻ったことを由利に説明した。確かにあのとき、長机を挟んで由利が誰かと話していた。その人がもらってくれたのだろう。

「はい、この学校の生徒ではなさそうでしたけど。卒業生か、誰かのお兄さんでしょうか」

「どうだろ……でも、在校生じゃなければ、部員は増えないね」

由利は三種類のドーナツを前に眉間にシワを寄せていた。

「他に買ってきて欲しいドーナツあった？」

「そうではなくて、部誌をもらって行った人、何で持って行ったのかな、と思って」

「どういうこと？」

「漫画が好きそうには見えなかったので――っと、よし、これにしよう」

由利は砂糖がたっぷりまぶしてある、フワフワタイプのドーナツをつかんだ。

「どうしてそう思ったの?」

口の周りが汚れるのを気にしない様子で、由利はドーナツにかぶりつく。おいしー、と目を細める姿を見ながら、葵は答えを急《せ》かした。

「ねえ」

「はい、えっと……部誌をパラパラ見ていたんです。中身の確認って感じで」

「うん、だいたいそうするだろうね」

「で、執筆者たちのプロフィールを見て、しばらく止まっていました」

「プロフィールで? 漫画じゃなくて」

「はい。なので最初、葵さんの知り合いかと思ったりもしたんですけど……そういうことは一切言いませんでしたし、気まぐれですかね?」

「さあ……誰だろう? まあ用があるなら、あとで声をかけてくるかな」

「ほおですね」

よほど空腹だったのか、口の中をドーナツでいっぱいにしている由利の発音は不明瞭だ。

ゆっくり食べなさいよ、と注意しながら、葵は部誌を持って行った男のことが気になっていた。

放課後の部室で、葵が次の作品のネームを描いていると、由利がポツリと「面白かったなあ」ともらした。意図して話したわけではなく、思わず口からこぼれたような言葉が、葵は気になった。

「さっき読んでいた本のこと？」

「え、ああ……いいえ、じゃなくて葵さんの投稿した作品」

「は？」

「今、結果待ちの作品。面白かったなって思っていたんです」

「えー、今ごろ？」

投稿したのは文化祭のあとで、もう一か月半前のことだ。

内容は、昨日の自分からメッセージが届く、という話だ。全部で二十四ページ。枚数が増えれば当然作画に時間を要するが、仕上げの部分は由利も手伝ってくれたため、前回の十六ページと同じくらいで描きあげることができた。絵を描くことに慣れてきたということもあるかもしれない。

「未来を示唆《しさ》する内容って結構読んできたけど、過去からのメッセージって面白いなあって思って」

「そう言ってもらえて嬉しいな。ただ、もう少しラストをはっきりさせたほうが良いと思ったけど、上手く表現する方法が思いつかなかったんだよね」

「確かにそこは、選評でも突っ込まれる可能性はあるかもしれませんけど……曖昧だからいいなあと思うところもありました。自分のところにもメッセージが届くかもしれないと思えたので。それより葵さん、作中では明かしませんでしたけど、誰が送っていたかを決めていますよね？　いい加減教えてくださいよ」

由利が結末を訊いてくるのはこれが初めてではない。そのたびに葵は「ナイショ」と言ってはぐらかしているが、諦める様子はなかった。

「そういうのは、作者だけが知っていればいいことでしょ」

「でもデビューしたら、編集者とは共有しますよね？」

「どうだろ……人それぞれじゃない？」

葵にわかるわけがない。ただ、物語に描かなかったことを、あえて人に伝える必要はないと思っている。どう読み取るかは読者の自由だ。

「そういう由利は、何か描いてみたくならないの？」

由利が漫画を投稿していた話は、葵はまだ知らないことになっている。本沢からもらった雑誌も、処分せずに家に置いてあるが、最近では無理に訊かなくてもいいかもしれない、と思い始めていた。でも〈これから〉のことは知りたい。

「えー……」

「教えてよ」

葵が目を輝かせると、由利は少し遠くを見るように視線を上げた。

「ミステリーっぽい話を描いてみたいと思ったことはありますね」

「探偵ものとか刑事もの？」

「それもいいですけど、普通の高校生が、毎回事件を起こす話です」

「起こす側？　自分で事件を作っちゃうの？」

「いいえ、意図的に起こすんじゃなくて、主人公が行動することによって、事件が発生してしまうって感じですね」

「ソレ、主人公は家に閉じこもってくれてたほうが、世の中が平和な気がするけど……面白そうだね。みんな、オイ、お前が動くんじゃないよってツッコミながら読みそう」

「はい。だけど、最終的に主人公が動くことによって事件は解決して、発生前より状況が良くなるから、それでめでたし、と」

「えー、読んでみたい。読んでみたいけど、話を作るのが難しそう」

「そうなんです。ざっくりとした設定があるだけで、全然話をまとめられません」

お手上げ、とばかりに、由利は両手を顔よりも高く上げた。

由利が本気になれば描けると葵は思っている。すでに一度、漫画を仕上げて受賞もしている。中学生だったことを考えれば十分すぎる結果だ。

イラストは描いているのだから、漫画作りに興味を失ったわけではないはずだ。単純に、漫画の難しさに心が折れた――のであれば、設定など考えるはずもない。

葵のスマホが振動した。

「ん？」

登録していない番号だった。携帯電話の080や090からではなく、頭に03とある。固定電話からのようだ。

――誰だろう？

知らない番号の電話に出るのは躊躇《ためら》う。だがこのときは、半分気まぐれ、半分好奇心から、通話のボタンを押していた。

「もしもし？」

『小野川さんのお電話で間違いないでしょうか？』

「はい」

男性の声だ。年齢は、オジサンというほどではなさそうだ。電話の向こうから、他の人の話し声や別の電話のコール音が聞こえた。

『私、創文堂《そうぶんどう》出版月刊クリスタル編集部の鹿瀬《かのせ》と申します。小野川さんが第二十八回クリスタライズ賞に投稿した、『過去からのメッセージ』が佳作を受賞しましたので、そのご連絡をさせていただきました』

「え？」

葵は飛び上がらんばかりの勢いで、イスから立ち上がった。

『おめでとうございます』

「は？」

イタズラ電話だ。葵の頭に最初に浮かんだのはそれだった。

だが、投稿した出版社も雑誌も、何よりタイトルも間違っていない。そしてそれを知っているのは、目の前にいる由利だけだ。

由利の顔に緊張が浮かんでいる。静かな部室の中にスマホから漏《も》れ聞こえる声で、由利も電話の相手が何を話しているか、聞こえているようだった。

『今回は残念ながら、デビューにはいたりませんでしたが、ぜひ今後、私と一緒にデビューを目指していければと考えております』

「はあ……」

さすがに葵も、だんだんこの電話はイタズラではないのではと思い始めていた。

『今日のところは、受賞のご連絡と、ご挨拶をと思いましてお電話させていただきました。詳しいことは、応募要項に記載されていたメールアドレスのほうにお送りしますので、ご確認いただければと思います』

鹿瀬と名乗った相手は、まだ何やら話していたが、葵の耳にはほとんど言葉が入ってこなかった。

それでも最後に「失礼します」と声を絞り出して、電話を切った。

「ねえ……」

葵は腰が抜けてイスに座った。足に力が入らない。今、自分が聞いた言葉がとてもではないが信じられなかった。

「イタズラ……かな?」

「本物だと思います」

由利は右手で自分のスマホを操作しつつ、左手にはなぜか葵のスマホを持っていた。

「何してるの?」

「番号検索です。本当に編集部からか、確認しています」

由利が自分のスマホを葵のほうに向ける。表示された検索サイトには、葵が受信した番号が、出版社の番号として載っていた。

「本物みたいですね」

「じゃあ……」

そのとき、ブブブと葵のスマホが震える。メールが届いた。

件名に、『月刊クリスタル編集部/鹿瀬修吾《しゅうご》』とあった。文面は受賞を祝う言葉と、事務的なこと。そして今後新しいネームが出来たら見せて欲しいという内容だった。質問があれば電話でもメールでもSNSでも構わないと、すべての連絡先が書かれていた。

「本物だった……」

ようやく葵も実感がわいてきた。だがまだ身体はフワフワとしていて、気持ちが現実に追いつかない。

「凄いですね。漫画家だ」

「いや、どうだろう……」

「ならないんですか？」

「じゃなくて……担当さんが付いたってだけでしょ。そこからデビューして連載して単行本を出して……それを何作も続けて活躍する人は、投稿している人たちの中の数パーセント……うん、一パーセントにも満たないのかなって思うと、とても漫画家になれるとは……」

本当は浮かれたい。だが葵は、自分の気持ちを落ち着かせるために、あえて冷静になろうとしていた。

「きっと今は、スタートラインどころか、どこにスタートがあるのか教えてもらったくらいなんだよ」

「だけど、その場所もわからない人のほうが多いと思います。目指す場所がわかったのなら、葵さんはきっと、たどり着けるんじゃないですか？」

「えー……」

由利なりに励ましてくれているのだと思ったら、葵は嬉しいやら照れ臭いやらで、顔を見ることができなかった。

「受賞したとなると……葵さんはこれから、担当さんと作品を作っていくんですね」

「そうなるのかな。まあ、見込みがないと思われたら、返事も来なくなるのかもしれないけど」

ハハハ、と葵が笑みを浮かべると、由利も「大丈夫です」と笑った。だけどその笑顔が、少し寂しそうに葵には見えた。


放課後、由利が部室に来ない日が増えた。

最初は月曜日だけだった。だが、日を追うごとに他の日も授業が終わると、すぐに帰るようになった。三週間もすると、部室に来るのは週に二日程度になっていた。

欠席の連絡は来るが、理由を訊ねても「ちょっと」としか言わない。

会えば普通に話すし、校舎内で偶然会ったときは、由利のほうから声をかけてくる。部室に来たときもいつも通りで、タブレットでイラストを描き、漫画本を借りて帰っていた。

学年が違うから、すべてを把握しているわけではない。むしろ、知っていることは少ないかもしれない。考えてみれば、由利の交友関係は一切知らない。どんな友達がいるのかも、誰と付き合っているのかも少しもわからなかった。

「もしかして……」

恋人でもできたのだろうか。校内に相手がいれば気づくかもしれないが、相手が別の学校の人であれば、由利が黙っていれば、わかるわけがない。

「そうなのかなあ……うん、それはそれで、仕方がないか……」

祝福してあげなければ、そう思うけれど、素直におめでとうとは言えないのは、葵が寂しさを感じているからだろう。

部活に入ってきてくれて、漫画の話で盛り上がることができた唯一の人だから。

「いやいや、今はプロットを作らなきゃ！」

葵は雑念を振り払うように頭を振って、紙に向き直った。

プロットは、漫画の最初の設計図のようなものだ。ネームを作る前に漫画の流れやキャラクターの設定などを固める必要がある。

葵はこれまで、プロットを作り込まずに、ネームを描いていた。

鹿瀬に言わせれば、漫画家ごとに作品作りの方法は違い、プロットよりもネームで固めていく人もいるらしい。逆に、びっしりと設定を作り込む人もいるという。

どちらのタイプでも良いと言われたが、今は色々試してみて、自分に合ったスタイルを見つけなさいと言われた。それは葵も納得した。

鹿瀬にはすでに四回、プロットを見てもらっている。だが全然ＯＫがもらえない。

今のところキャラクターが弱い、とのことだった。確かに投稿した作品でも、キャラクターの弱さを指摘された。

なかなか次の作業であるネームに進めないことに、焦る気持ちはある。これまで由利には相談に乗ってもらっていたが、それでも自分が決めて原稿を描いていた。

それが今は、鹿瀬の意見を聞かなくてはならない。

指摘してもらえるのはありがたいが、自分が思ったように進められないことに葛藤もあった。

葵は鉛筆を置いて、ふぅーっと深く息を吐きだした。

「あーあ」

やっぱり由利とも話したい。一人きりの部室に寂しさを感じていた。


葵が部室にいると、ドアが開いた。由利だった。ここしばらく、金曜日は休むことが多かったが、今日は予定がなかったらしい。

「最近、部活に来ない日が多いね」

「ちょっと」

ちょっと、何があるのかと思ったが、由利はそのあと何も言わない。葵が顔を上げて由利を見ると、顔色が悪いことに気づいた。

「大丈夫？　体調悪いんじゃない？」

「疲れているだけです」

本当は由利と話したい。でも無理をさせたくはない。葵は自分の気持ちを隠した。

「無理しないで帰ったら？」

「大丈夫です。本当に、ちょっと疲れているだけですから」

「ならいいけど。まあ、ここにいても座っていられるしね」

何があったのかわからないが、「ちょっと疲れているだけ」というのは嘘ではないらしく、機嫌は良さそうだった。

由利はいつも通り、タブレットを取り出してイラストを描き始める。葵もノートを開いた。

ここ最近、由利が部室に来る日が少なかったから、ほとんど絵を見ていない。葵は由利の手元を覗いた。

「うわっ、凄っ……！」

タブレットに表示されているイラストは、以前と別人かと思うくらいに、色使いが鮮やかで、格段に構図も良くなっている。以前は人物をメインにして背景を描いていたが、今は背景と人物が一体となり、統一した世界観が表現されていた。

「細かいねー。特にこの建物の窓とか」

近未来なのか、無機質な建物が並んでいる。窓やドアなども細部まで丁寧に描かれていた。

「この乗り物もいいね。乗ってみたい。ワクワクする」

道を走る車のような乗り物にタイヤはなく、少し宙に浮いている。プロペラは見当たらないが、もしかしたら小さな翼らしきものが広がって、空を飛ぶのかもしれない。

「こんなのも描けるんだ」

「空想を形にしているだけです」

「それが凄いんだよ。色使いも前より素敵だし、ホント、上手になっているね。って、私が言うのもおこがましいんだけど」

誰が見ても、絵は葵よりも由利のほうが上手い。葵は一度、鹿瀬にカラーイラストを見てもらったが、「用具を使い慣れていない感じが一発でわかる。もっと練習が必要」と言われてしまった。

「デジタルのほうが、色塗りはいろいろ試せそうだよね」

「画材をそろえる手間もないですし、やり直しが何度もできるという点では、デジタルのほうが勝ってはいますね」

「そうだよねえ」

鹿瀬とのやり取りが増えていけば、デジタルのほうが便利になるだろう。一瞬でデータを送ることができる。やっぱり、デジタルで描く練習もしたいなあ、と思った。

「それにしても、本当に上手だねえ……」

葵は由利の画力に惚《ほ》れ惚《ぼ》れしていた。

由利は硬質の素材を背景にしているのに、どこか柔らかさを感じるのは、人物の持つ愛らしさがあるからだろうか。

「葵さん、そんなに褒めても、何もありませんよ」

「お世辞じゃないから。ホント、プロみたいだなって思って……ん？」

「どうかしましたか？」

「ううん、なんか一瞬、どこかで見たことがあったような気が……」

ハッキリとした記憶ではない。何となく、初めて訪れた場所で、以前にも同じ風景を見た気がする、というのと似たような現象かもしれない。

由利がクスッと笑った。

「デジャヴですか？　それ、脳の神経回路が混乱しているって、何かで読んだことがあります」

「じゃあ、気のせいか。いろいろ見ていると、影響受けることがあるし、どこか似た感じになることってあるしね。私も最近、担当さんに言われたんだ。今後の課題って」

「課題？」

「うん。影響を受けるのはいいけど、いったん自分の中に入れて消化してからアウトプットしてって。そうじゃないとただのコピーになるからって」

三回目に提出したプロットで、キャラクターの性格を今流行《はや》りのアニメの主人公に寄せたら、鹿瀬にそう指摘された。

「消化するって難しいよね。それに、無意識に似ちゃう場合もあるでしょ？　そうなると、自分で気づけないし。だから消化してって言うんだろうけど」

「無意識……は、確かにありそうですね」

「まあね、今回は私が意識していたんだからパクリだよね。パクリは論外だってことくらいわかってる。いやもう、難しい。どうすればいいんだろう」

葵は自分のノートを抱いて、ため息をついた。

弱音でも泣き言でもない。今のはただの愚痴だ。やる気はあるし、心は折れていない。ただ、思うようにいかず、頭の中は混乱している。

理想ばかり天まで届くほど高くなっていくのに、実力がまったく追いついていない。

由利が葵の腕からノートを取り上げた。

パラパラとページをめくりつつ、素早く目を動かす。

「葵さん、頑張りすぎだと思います。提出するプロットを書きつつ、絵の練習もして、その上新しいネタも考えていれば、頭もパンクしますよ。今でも毎日一つ、新しいネタを考えているとは思いませんでした」

「だって、早くプロになりたいんだもの」

もどかしいのだ。スタートラインの位置が見えたのに、自分はまだ遠いところにいる。そしてスタートラインに立とうとしている人は数多い。だけどその場所は限られている。

「頑張りすぎたら、途中で息切れしませんか？」

「でも今、バイトもしたいと思っているんだよね。由利を見ていると、やっぱりパソコンかタブレットが欲しいし。そうすると、漫画を描く時間が減るから悩むけど」

鹿瀬からは焦ることはない、と言われていたが、全身がうずうずして、走り出したいような衝動は、どうにも抑えられずにいる。

うー、と唸《うな》りながら、葵は由利の手からノートを取り返した。

由利が、ヨシヨシと葵の頭を撫《な》でる。

後輩に頭を撫でられても嫌な気分にならない。由利が本当に、葵を心配していることが伝わってくるからだ。

「葵さん、明日は土曜日ですし、これに行きませんか？」

由利が向けたスマホの画面には、アニメ化、実写化もされた漫画家の原画展の案内が表示されていた。期間は明後日の日曜までだ。

「そうだ、ここも行こうと思っていたんだ！　忘れてた！」

「やっぱり。きっとそうじゃないかと思っていました。勉強になりますし、一緒にどうですか？

この漫画家さん、カラーが凄く上手だし」

葵は由利の腕をつかんだ。

ヤバい、良い後輩すぎる。私のことをよく見てくれている。

「由利、ありがとう。大好きだよー」

「葵さん、大げさですよ」

照れたように笑う由利の腕を、葵はさらに強く握った。


待ち合わせは、原画展の会場の最寄り駅にした。

だが待ち合わせ時刻の一時を二十分過ぎても由利は現れない。電車が到着するたびに葵は改札口を凝視していたが、一向に姿を見せなかった。

葵は五分前に『どこにいる？』とメッセージを送ったが、今のところ読んだ形跡すらない。

「大丈夫かな……」

普段からいい加減なタイプであれば、呆れるか怒るかだが、そうではないから心配になる。事故にでもあっていなければいいけれど、と不安がよぎった。

具合でも悪いのだろうか。そういえば最近疲れている様子だった。どこかで倒れていたりしたら……。

だが葵は、由利の自宅の最寄り駅以外はわからない。自宅の電話番号も住所も知らなかった。

漫研の部室へ来ればいつでも会えるから、連絡先は一つしか交換していなかった。

由利のすべてを覗き見たいわけではない。ただ、親しくなった相手のことを、知っているようで知らなかったことが、少し悔しく感じる。

また電車が到着したらしく、一気に人が改札口に押し寄せた。

葵は目を凝《こ》らして由利の姿を探す。

「――あっ！」

由利だ。黒の細身のジーンズとは対照的に、トップスはだぼだぼのパーカーを着ている。太い黒縁のプラスチックフレームの眼鏡をして、キャップまでかぶっている。学校では眼鏡をかけていないから、コンタクトレンズを使っているのかもしれない。

「遅れてごめんなさい！」

由利が息を切らして葵のほうへ駆け寄ってきた。今日は肌寒いくらいの日なのに、額には汗を浮かべていた。

「何かあった？」

「寝坊しました」

「何時まで寝てたの？」

「十一時です。本当にすみませんでした」

由利の最寄り駅から待ち合わせの駅まで、一時間もかからないはずだ。十二時ごろの電車に乗れば、間に合うだろう。

「支度に二時間もかけたの？」

「はい、アイライン引くのに手間取って」

もちろん二人とも、冗談とわかっての応酬だ。

「何言ってんの」

「でも、眼鏡はかけてきましたよ?」

「目、悪かったの?」

「これは度が入っていない眼鏡です」

オシャレにこだわるタイプだったのかー、と葵は由利の意外な一面を見た気がした。もしかすると、今着ている洋服も、有名なブランドだろうか。

実生活が見えない由利の姿を、葵はもう少し知りたくなった。

最初に詰めすぎたこともあり、踏み込むことに躊躇していたが、そろそろいいだろう。話の流れによっては、中学生のころのことも訊けるかもしれない。

原画展を見終わったあとも、今日はまだ時間がある。

「眼鏡をかけるだけなら、一秒で終わるでしょ! 遅れた罰に、原画展のあと、新作のドリンク奢《おご》ってね」

由利はすぐに「もちろんです、先輩」と、細身の身体を小さくして、頭を下げた。

会期終盤の土曜日とあって、原画展の会場は混雑していた。葵も由利も、自分のペースで見たいため、場内では別行動にした。

プロの原画の美しさは格別だった。

正確なデッサンはもちろんのこと、髪の毛一本まで流れるような描線で、どこにも妥協は感じられない。指先の小さな爪も、瞳に宿る光も、まつげ一本ですら、キャラクターが生きているように描かれていた。

「綺麗《きれい》だなあ……」

葵の口から、思わず声が漏れた。

美術館ほど静かではないため、葵の声は周囲の空気と馴染《なじ》んで、すぐに消えた。

「何周するつもりですか?」

背後から、由利の声がした。

「んー、もう三周したし、あとはグッズを見ればいいかな。由利は?」

「同じです」

会場の外に設けられたグッズ売り場は、二人で回ることにした。過去に発売した画集や、ノートやペン、クリアファイルなどの文房具もある。今回の原画展に合わせて企画された、新しい画集も出ていた。

「これ持ってます」

由利が一番古い画集に指をさした。

「ずいぶん前に発売されたものだよね？」

由利や葵が生まれるよりも前に出版されたものだ。今回の原画展に合わせて、数量限定で再版されたらしい。

「以前、古書のサイトで買いました。どうしても見たかったので」

「あ、じゃあ――」

葵がそう言いかけたとき、由利のスマホに、メッセージの着信を告げる音が鳴った。物販のエリアは比較的賑やかだが、マナーモードにしていなかったことに慌てた様子で、由利はスマホを手にする。その瞬間、由利の顔に険しさが浮かんだ。

「何かあった？」

「いえ……別に」

どう見ても、何かあった様子だったが、由利がすぐにスマホをカバンに仕舞ったため、葵は黙っていた。

「葵さん、ちょっとトイレに……」

「具合でも悪い？」

「全然、大丈夫です。葵さんは、ゆっくり見ててください」

由利の顔色はあまりよくはなかったが、痛みに耐えているというのとも違い、体調は問題なさそうに感じた。

絶対何かある。あまりにも態度がおかしい。

葵は今すぐ追いかけて訊きたい衝動にかられたが、本当にトイレだったらと思うと、戻ってくるのを待つことにした。

由利は自分のことに踏み込ませないようにしている節がある。

それは過去に、雑誌に漫画を投稿していたことも関係していると葵は思っている。今までは、由利のほうから言って欲しいという気持ちで黙っていたが、さすがに限界だ。

「やっぱり、今日は訊こう」

それでも由利が言いたくなければ、見守るしかない。

時間を確認すると、三時を回ったところだった。

葵が会計を終えると、由利もトイレから戻ってきた。

さっきより顔色は少し戻っているが、表情は硬かった。

「ねえ、このあとドリンク――」

「葵さん、ごめんなさい！　予定が入ってしまったので、今日は帰ります」

「え……」

深く頭を下げている由利の表情は見えない。だが、ひどく肩に力が入っていることは伝わってきた。

「あ、ああうん……それは良いんだけど……何かあった？」

「いえ、あの、親がちょっと、具合が悪いから早く帰ってきて欲しいって」

「大丈夫？」

頭を上げた由利の顔には、嘘の臭いが張り付いていた。だが葵が詰め寄る前に、作り笑いを浮かべられる。

「心配ありません。ただ弟が小さいから、目が離せなくて……」

「もしかして、それで最近、放課後に部室に来なくなったの？」

「それは違います！　あ、いえ……」

何かおかしい。だが、時間を気にしている由利を、これ以上引き留めることはできなかった。

「わかった。気をつけてね」

「ありがとうございます。またあとで連絡します。今度絶対、奢りますから」

「いいって、気にしないで。冗談だし」

後輩に奢ってもらおうなど、葵も本心からは思っていなかった。ただ、話す時間が欲しかっただけだ。

ごめんなさい、と言った由利は駅のほうへ駆け出し、背中は人に紛れてすぐに消えた。

一人になった葵も、のんびり歩きながら駅のほうへと向かう。

「あ、そうだ……」

由利に画集を貸してと頼むつもりだったことを、忘れていた。

画集は一冊三千円を超えている。何種類も買うことは不可能だ。葵は今回、一番新しいものを買ったが、過去に発売されたものも見たい。

連絡してもおかしくない用事があったことをこれ幸いと、葵はスマホを手にした。

――画集、月曜日に貸してもらえる？

「直截《ちょくせつ》的すぎかな」

由利を心配していることも伝えたい。何かあったのなら、話して欲しいということも覚えていて欲しい。

入力しては消し、また新しく書き、やたらと長文になったり、短文になりすぎて意味不明になったりを繰り返しながら、葵はなんとか文章を作った。

――月曜日、部室に来られる？　そのとき画集を見せてもらえたら嬉しいんだけど。今日はもっと、いろいろ話したかったよ。

悩みに悩んで、結局こう送った。言いたいことは山ほどあるけれど、不自然すぎて部室に来るのを警戒されたら困る。

「どうなるか……」

案外、本当に大した話ではないかもしれないなどと考えながら、葵は駅へと向かった。

※

良いにおいと悪いにおいが混じり合うと、悪臭が漂うという見本のような部屋だった。

雑居ビルの空き店舗は、人々が出入りしていた時間とは真逆の静けさが漂っている。壁紙は破れ、砂と埃《ほこり》が広がる床に、リリは座り込んでいた。

「今ごろ……どうして？」

激しく息を乱すリリは壁際に追い詰められている。その顔には恐怖が張り付き、涙に濡れていた。

四階まで追いかけてきたはずの遊馬も同じく呼吸は荒い。だが、表情はリリとは対照的に余裕がある。

愉快そうな笑みを浮かべて、リリを見下ろしていた。

「わざわざ言わなくてもわかるだろ」

「でももう、一年も前なのに」

「へえ、もうそんなに経つんだ。全然知らなかった」

そんなことは興味もないと言わんばかりに、遊馬はどうでも良さそうな口調だ。

「俺には一年だろうが、二年だろうが、関係ないんだよ。これをバラまかれたら困るだろ？」

遊馬がリリに向けているスマホの画面には、昔の写真が表示されている。そこに写っているのは紛れもなくリリの姿だ。薬を売っている写真だった。

「どうして……そんなものが？」

遊馬は薄笑いを浮かべる。

「目障りだったから」

「それにしたって、どうして今ごろ……」

「どうして、どうしてって、うるせーな。こっちにも都合があるんだ――よっ！」

遊馬は床に転がっていたゴミ箱を蹴飛ばした。

中には何もなかったらしく、プラスチック製のゴミ箱は大きな乾いた音をたてて壊れた。

リリは上階が気になり、一瞬、視線を天井のほうへ向ける。

「無理だよ。今日は上の階の店は休みだから人がいないし、下の階は空いてる。他の階は埋まっているけど、さすがにこれくらいの音は聞こえないって」

だからこの場所を選んだんだ、と言っているように、遊馬の目は笑っていた。逃げたつもりが、まんまと誘い込まれていたことに気づいたときには遅かった。きっと、遊馬が事前にカギを壊していたのだろう。

じりじりと、いたぶるのを心底楽しんでいる様子で、リリに近づいてくる。

「金、出せよ」

「こんなので良ければ持って行けば！　ほとんど入ってないけど」

リリが遊馬に向かって財布を投げつける。

財布を開けて中身を確かめた遊馬は、千円札を二枚引き抜いた。

「マジで入ってないな」

「言ったでしょ！」

すっかり日も暮れて、窓の外にはネオンがまばゆいくらいに輝いている。ギラギラと照らすその光は、同時に強い闇も作り出していた。

「また薬売れよ」

「しない！　それに、するなって言ったのはそっちじゃない！」

即答した声に、リリの感情のすべてが込められていた。

キッと遊馬を睨みつけながら、もう一度「しないから！」と叫んだ。

「じゃあこの写真、拡散するぞ？」

「――すれば？」

「良いのかよ」

「もうアンタみたいなのとは関わりたくないの！　っていうか、ずっと前にもう、縁を切ったはずだったのに……」

なぜ、と思っていた。ここ一年はほとんど近づかなかったのに。

戸惑う様子のリリに、遊馬は腰を折って、顔を近づけた。

「オマエ、油断しすぎなんだよ。俺が近くにいても、気づかないなんてな」

言い返そうとしたのか、リリは口を開くが何も言わずにすぐに閉じた。

「遠くに逃げれば、俺だって呼び出そうとはしなかったよ。面倒だし。でも、なんかムカつくんだよ。自分だけ、何事もなかったように、楽しそうに学校通ってて。全部リセットできると思ったら大間違いなんだよ！」

リリの脳裏に、一年前の出来事が次々と蘇《よみがえ》る。

居場所を求めてフラフラしていた。一時の癒やしを手にするために、薬を盗んで売っていた。自分のことしか考えず、他人を地獄に突き落とす手助けをしていた。

「ドラッグストアで万引きした風邪薬を売りつけていたなんてヤツが、今は普通に学校通っているんだからな。知ってるか？　アイツ、死んだよ。ＱＬＴＡＭ帽子の男」

「え――？」

「嘘じゃないぜ。お前が売った薬を飲みすぎたんだよ。でもそんなに驚くことじゃないだろ。ここら辺じゃ、たまにあることだ」

きっと助かっているはず。リリはずっと、そう思っていた。

だけど怖くて、それを確かめようとはしなかった。姿を見なくなったとしても、理由がわからない人もいる。そして、薬の過剰摂取で死に至ることがあるのも知っている。だが、それを自分のせいとは思いたくなかった。あえて考えないようにしていた。

「今の仲間に教えたら、どう思われるだろうな」

遊馬は愉快そうに顔を歪めている。

リリは震えながらも、遊馬の足にすがった。

「それだけはやめて！」

知られたくない。今の楽しい時間を壊されたくない。

大好きなことを、大好きだと言える場所は、大切な、宝物のような時間なのだから。

そのとき、リリのスマホがメッセージの着信を告げる。とっさにポケットからスマホを出して『助けて』と送った。

だが、送信ボタンを押した瞬間、遊馬にスマホを奪い取られ、床にたたきつけられてしまった。

リリは喉の奥から叫んだ。

「なんでもするから、許して！」

「じゃあ金を用意しろよ。前みたいに、また薬売ればいいだろ。そうすればすぐに金は作れる」

「それは……バイト、バイト代で！」

「バイトぐらいじゃ稼げるわけないだろ。なんでもするっていうんだから、その辺に立つか？」

公園の前に立って、相手を探している女子たちが多くいる。――売春してこいと、遊馬は言っていた。

「それはできない」

「あれもこれもダメで、いったい何をするんだよ。高校生のバイトで稼げる額なんて、たかが知れてるっての」

「でも……もう、しないって……」

リリが躊躇を見せると、遊馬は不機嫌そうに「あー、もう！」と叫んだ。

「めんどくせー。俺、こーゆーのマジ無理。こっちは金が必要なんだよ！」

遊馬は突然、リリの腕をつかんだ。

「何……？」

「少しくらい、俺を楽しませろ」

圧倒的に腕力の差がある。何も抵抗ができなかった。

遊馬が窓を開けた瞬間、リリの身体は宙を舞っていた。


海外での戦争のニュースを終えると、ネクタイ姿の男性は「次のニュースです」と、それまでより少し声のトーンを変えて、原稿を読み始めた。

「今日の午後五時ごろ、歌舞伎町《かぶきちょう》のビルから都内に住む女子高校生が転落したとの通報がありました。女子高校生は病院へ搬送され、容体は不明とのことです。警察は、事故と事件の両面で捜査を進める一方で、現場にいた男性に、詳しい事情を聞いています」

第二部

第一章　野川ひなた【二十三歳▼▼二十五歳】

漫画家、野川ひなたがデビューしたのは、二十一歳になってからだった。

高校時代に担当編集者が付いたものの、デビューに時間がかかったのは、あの出来事のせいなのは間違いない。

それでも、プロになってからは、順調といえるだろう。

デビュー二作目の短編が好評で、すぐに前後編の読み切りを本誌に載せてもらえた。さらにそれが話題となり、連載が決まったのは、デビューしてから一年と少しくらいのころだった。

仕事は途切れることはなく、高校時代に抱いた目標は現実のものとなった。もちろん疲れることはあるが、充実した毎日を過ごしていた。

ひなたの担当編集者の相田《あいだ》弥生《やよい》が、画面越しにいつもの通り落ち着いたトーンの声で話す。

「昨日いただいたネームですが、だいたい良かったと思います。ただ、もう少しタメが欲しいんですよね。たとえば、五ページ目の一志《かずし》が引き留めるシーン。凄くいいシーンですけど、梨《り》歩《ほ》がすぐに切り替えているじゃないですか。せっかく、大きな事件が解決して想《おも》いが通じ合っているところですから、もっとこう、噛《か》みしめている感じが欲しいというか、幸せに浸っているシーンを描いてもらいたいんです」

相田は『月刊ショコラ』の編集者で、三十代前半の女性だ。文芸誌を希望していたが、なぜか漫画になりました、と初対面で言ったときは、さすがにひなたも驚いたが、その嘘がつけない正直さに好感を抱いた。ひなたの仕事が順調なのも、相田の力が大きい。

すでにデータで修正指示を受け取っていたひなたは、それを見ながらリモートで打ち合わせを行っていた。

「それに、事件の前にちょっと喧嘩もしていますよね。それもあって、しばらく一緒にいるシーンがなかったので、やっぱり二人を長く描いたほうが、読者さんも喜ぶと思うんです」

「なるほど……」

相田の意見はもっともだと思う。ひなたとしても、こういった変更に異論はない。そもそも、少しあっさりとしてしまったと、自分でも思っていたから、どう修正しようかと悩んでもいた。

ただ納得したのは、他の漫画やドラマを見ていると、そのほうが場は盛り上がるという経験からの納得で、これが現実だったら、と疑問を抱く。

「実際にそういう場面になったら、どうなんでしょうね……」

今現在、ひなたに恋人がいないことは、相田も知っている。

「現実の話をしたら……私にもわかりませんね」

相田も自分の恋愛に対して記憶を巡らせているのか、歯切れが悪かった。漫画編集者という仕事柄、どうしても勤務が夜型になり、就職してから恋愛を続けるのは難しいと、以前こぼしていた。それ以上の細かい話は聞いていないが、現実は物語のように上手くいくことばかりでないのは、相田も知っているはずだ。

「えっと……まあ、現実はともかく、物語は人間の欲望というか、こうなったらいいな、と思う展開にしたほうが面白いと思うんですよね。むしろ、現実がままならないからこそ漫画は……このシーンは、あと一ページ描いてもらいたいんです」

相田の意見は凄く腑《ふ》に落ちた。確かに、とひなたは思う。

「わかりました。ただどこか削らないと、このシーンを増やせないですよね」

「そうですね。なので前半に削れそうな場所があるので、そこで調節できないかなと思ったのですが、難しいですか？」

「ちょっと待ってください」

ひなたは分割した画面のもう一方に視線を移した。

確かに前半に、ストーリーの説明に直結しないコマはある。が、ひなたにしてみれば、この何気ない登場人物のやりとりが後々の展開に生きてくる気がしている。

そのことを伝えると相田が、眉間にシワを寄せて唸った。

「なるほど。それなら、他に削れるところを探すしかないですね」

話し合いの中から生まれるストーリー作りは、ひなたにとって楽しい。高校時代の、あの漫研の部室を思い出すからだ。もちろん今は、楽しいばかりではないが、ひなたのベースにあるのは、いつだってあの時間なのは間違いなかった。

「では、こういうのはどうですか？」

相田の顔は真剣そのものだ。より良い作品を作りたいという気持ちが伝わってくる。もちろんひなたも同じ気持ちだ。

しばらく連載のネームについて話し合ったあと、相田が遠慮がちに口を開いた。

「ところで、先日メールでお願いしたことですが……」

「ああ、はい。描かせてください」

「いいんですか？　ありがとうございます！」

「もちろんです。ちょうど描きたいものがあったので」

相田が言っているのは、今度新しくアプリで漫画の配信を始めるため、その第一弾に、野川ひなたの短期集中連載の作品が欲しいという依頼だった。

現在進行形で長編を連載しているひなたにとって、他にも仕事を抱えるのは、スケジュール的に厳しいものはある。もちろん、漫画家の中には、連載作品を並行している人もいるが、ひなたはそこまで速くは描けない。今のところ締め切りに遅れたことはないが、二度ばかり、ヒヤヒヤしたことはあった。

「河合《かわい》さん。とても作業が速くて、だけど仕上がりも綺麗なので、あの人がいてくれれば、何とかなると思うんです」

河合は相田が紹介してくれたアシスタントだ。背景なども細やかで正確に描いてくれる。ひなたの指示を的確に表現してくれるため、一緒に仕事をしてまだ三か月だが、すでに手放せない存在になっていた。

「それは良かったです。彼女は以前のところでも評判が良かったのですが、連載が終わっちゃって、すぐに仕事に入れる場所を探していたんですよね」

あの腕なら、どこでも引っ張りだこだろう。ひなたのところで働いてもらえたのは、タイミングが良かったかららしい。

「河合さんも喜んでいましたよ。先日もちょっと話しましたが、野川さんの原稿、遅れないからスケジュールが立てやすいって。以前の方は、かなりギリギリだったらしくて、そこは河合さんも苦労されていたようで」

「彼女も自分の原稿がありますからね。頑張ってと伝えてください」

「私が言うよりも、野川さんから言ったほうが喜びますよ」

「でも、会う機会がないので……」

ひなたはデジタルで原稿を描いているため、アシスタントには、仕事場に来てもらわずに作業が進められる。データを送ればそれで済むからだ。そもそも、ひなたの場合、仕事場と言っても日々の生活を過ごすワンルームのアパートに住んでいる。さすがに最近は金銭的余裕もできたが、忙しさもあって、引っ越しをする時間がなかった。

相田はクスクスと笑っている。

「わかりました。お伝えしておきます。でも河合さんは、野川さんにお会いしたいと——」

そう言った瞬間、相田は即座に口をつぐんだ。

自覚はある。ひなたの目が険しくなったのだろう。だが、これに関しては謝罪するつもりはなかった。

その後、挨拶の言葉を交わして、相田との打ち合わせは終わった。

終わり際に空気が悪くなったのは申し訳なさを感じたが、相田には何度も伝えてある。絶対に取材は受けない、プライベートなことは表に出さない。昨今はSNSで自作の宣伝をしている漫画家も多いが、ひなたはそれをしていなかった。

とにかくプライベートは関係なく、野川ひなたの作品を見て欲しいと考えていた。

「ああ、お腹《なか》すいた。何食べようかな……」

パソコンデスクから立ち上がったひなたの頭の中は、冷蔵庫の中にあるキャベツとシラスでパスタを作るか、冷凍したご飯でチャーハンにするかで悩んでいた。

だが、キッチンへ行く前に、ひなたは鏡の前に立った。

鼻の横には、消えることのない傷痕がくっきりと残っていた。

ここ数年、ひなたが夜の街にくることはなかった。

出版社が主催するパーティーの招待状が届くことはある。ただ、人が多く集まる場所は疲れる。顔の傷を見られたあと、目を背けられることも人前に出ない理由の一つだった。ひなたは傷を見られても気にしないが、相手が申し訳なさそうに目をそらすのがいたたまれないのだ。

もっとも、マスク姿でいてもそれほど違和感はない。花粉症や感染症などの影響で、通年マスクをしている人は、それほど珍しくはなくなったからだ。

現在夜の二十一時。多くの人はすでに酔っている時間だ。

丈の長いジレと、ゆったりとしたパンツ、そして少しかかとのあるブーツで、全身黒ずくめの姿で歩いていると、突然肩に腕を回された。

「ねえねえ、ちょっと一緒に――」

男が近づいてきた瞬間、ひなたはマスクを顎《あご》まで下げた。

ひなたの顔を見た男は、瞬時に「あ、いや」と、足を後ろに引く。その視線は、ひなたの顔に向いていた。

「何か用？」

「ごめんごめん、行って」

口では謝っているが、少しも悪いと思っていないそぶりに、ひなたは「は？」と低い声で答えた。

「人の顔を見るなり、ごめんって何？」

「悪かったって」

相変わらず悪いとは思ってなさそうだったが、ひなたに構っている時間が惜しいのか、重ねて「ごめん」と言った。悪いヤツではなさそうだが、鼻ピアスに、手首にはタトゥ。外見で人を判断してはならないとわかっていても、あまり近づきたくないタイプではある。

とはいえ、ひなたはマスクをもとの位置に戻して、自分から近づいた。

「客引きはダメなんじゃない？」

明るい髪色に派手な衣装。どう頑張っても役所の職員には見えない。

「いや、俺はメンコンのほう。それにこれは客引きじゃないから。ただ、いいコがいたら一緒にしゃべりたいなって」

というのは表向きで、話が乗ってくれれば、店に誘うに決まっている。

「成果はどう？」

「さっきから、一時間以上ここにいる俺に聞かないで。今日は人通りも少ないし厳しい」

ここ数日、天気がすぐれない。特に昨日から今日にかけて、風が強く雨が続いていた。三十分くらい前からようやく雨は上がったが、まだ道路のいたるところには大きな水たまりが残っている。男の言う通り人通りはまばらで、こんな日はどこの店も、客を待っているに違いない。

「ここにいても、成果はないんじゃない？」

「でも、店にいても人が来ないから」

単純明快な回答に、ひなたは「確かに」とつぶやいた。

「まあでも、今日はもう諦めた」

ニカッと、白い歯を見せた男は、最初の印象とは裏腹に、人好きのする笑みを浮かべた。単純に水商売が似合わない気がする。別の仕事をしていれば、空振りで終わる客引きなどせずに済むだろうに、と思ったが、さすがにそれは、大きなお世話だろう。

「仕事は長いの？」

「何？　俺のインタビュー？　もしかしてユーチューバーとか？」

「まあ、ちょっと取材。いろいろ知りたくて」

ひなたの短期連載用のネタはホストが題材だ。できれば来たくはなかったが、最近の様子を自分の目で確かめておきたかった。とはいえ、すべてを話す必要はない。

「へー、やっぱそうなんだ。カメラは？」

話を合わすために、ひなたは「それはまた今度」とはぐらかす。

「下見ってやつか。ユーチューバーも多いから、趣向を凝らさないと見てもらえないからなあ」

「そんなに多いの?」

「そりゃ、ここへ来れば、毎日何かしらのドラマはあるでしょ。空振りってことは少ないから
じゃない?」

「ああ……」

「怒鳴りあいや喧嘩は珍しくないし、道端に倒れている人がいても、それほど驚かないからね。

警察が来ている場面に出会えるかもしれないし、撮るほうとしては面白いんじゃないかな」

「撮られるほうとしてはどう?」

「それは……どうかなあ」

「嫌じゃない?」

「よくわからない。俺はこのインタビューが初めてなんだよね。だからちょっと嬉しい」

勘違いがかわいそうに思えた。

ひなたはカバンからスマホを出して、動画の録画スタートボタンを押す。

「あ、やっぱり撮影することにしたんだ」

「まあね……」

録画したものをあとで見ることはないだろうが、フリくらいすることにした。

歩く人の邪魔にならないように、シャッターが下りた店舗の前に移動する。そこだけ街灯が
壊れているらしく薄暗かったが、話すにはちょうどいい具合だった。

「この仕事を始めて長いの？」

「んー、俺は半年くらいかな」

「半年はまだ新人？」

「いや、長い人は長いけど、入れ替わりも激しいから、新人でもないかな。ただ三か月くらいで、かなり売れちゃう人もいるから、長くやれば仕事ができるってわけじゃないけど。俺はいくらやっても下っ端だから、結構辛《つら》い立場なわけ」

「それでも続ける理由は？」

まだ若いんだから他に仕事はあるでしょ、と言いそうになったが、ひなたも漫画がダメなら、すっぱり諦めて違う職に鞍替《くらが》えできるのかと問われたら、今はまだ無理、と答えるだろう。

他人の夢を笑うことはできない。

「なんだろうね。他にすることも、できることもないのが大きな理由だけど、これで結果を出したいって気持ちもあるんだよね。でも俺、こんなナリだから、女子受けしなくて」

「メンコンだって、いろんな人がいると思うけど」

「そうだけど、人気がある人のルックスって、ある程度共通している部分はあると思っているんだよね。俺調べだけど。たとえば、王子様系？　あとはアイドル系？」

王子様とアイドルの違いはよくわからないが、ひなたの目の前にいる男は、そのどちらのタイプでもない。

「でも、外見より会話が上手くて人気の人もいるでしょ」

「そりゃいるけど、お客さんを楽しませるには、ルックスも会話もトップクラスの人のほうが多いよ。女のコから、安くないお金をもらうわけでしょ。いろんな意味で楽しませないと、お金を払ってやろうとは思われないわけ――って、これは先輩からの受け売りね」

「なるほど」

安くないお金、と言っているが、実際は相当高額だ。

「そうなると、トラブルもあると思うけど」

「そりゃ、まったくないわけじゃないけど、そこはホラ、みんなわかって来てるでしょ？　うちの店は、ぼったくりはしないから、あらかじめ値段の提示はしているし。まあ……あおったり？　なんてことがないとは言えないけど」

ずいぶんペラペラ話す男だ。正直なのは結構だが、バカ正直には夜の街は向かないとひなたは思う。騙《だま》す、騙されるは、紙一重だ。

「じゃあ他店のこととか、噂話《うわさばなし》でもいいから、何か知らない？」

「何かって？」

「たとえば……トラブルから警察がきたとか」

「警察がくるのは珍しくないよ。よくパトロールしているし、何かあれば制服の人たちが押し寄せるから。ちょっと前も、この近くで一斉摘発があったし」

「ああ……」

ニュースになっていたから、男が何を言っているのか、ひなたも察しがついた。

このエリアにある公園の近くで、売春目的の女性たちが摘発されたことだろう。

「焼け石に水だけどね。おとなしくなるのは一瞬。すぐにまたいつもと変わらず、女の子たちがいたから」

ヘラヘラと笑っているが、この男だってその中に知り合いの女性がいてもおかしくはない。それが特殊な状況ではなく、この界隈では当たり前の姿であると、言っているような気がして、ひなたは嫌な気分になった。

きらびやかな光とは対照的に、深い闇が存在している。ひなたはスマホのバッテリーを気にしながら、街のほうへカメラを向けた。

その対比が極端であればあるほど、人はさらに輝きを求めて集う。

再び男にレンズを戻した。

「それなら、ここではどんなときに騒ぎになるの？」

「えー、やっぱり殺人事件とかになれば別でしょ。ちょっと前にも、ホストを刺した女の人がいたけど、そのときは、二、三日、話題になったよ。警察も普段より真剣だったし」

「他には？」

「えー、ああ……なんか、わかり切ったことよりも、ちょっと謎めいているほうが、話は盛り上がるよね。みんなで、推理合戦を始めたりして」

「推理合戦……ね」

感覚的には、学生の教室内での悪ふざけのノリみたいなものだろうか。その推理が当たっても当たらなくても、どっちでもいいのだ。そのとき、自分たちの興味さえ満たせれば。

「最近だと、女の人が行方不明になったことがあってさ」

「それは珍しいこと?」

「いや、前日まで出勤していた人が、連絡しないで次の日から来なくなるってことは、別に珍しくもなんともないけど、その人は店のオーナーだったから。オーナーといっても小さな店だから、本人もお店に出てたわけ」

「トラブルがあったってこと?」

ひなたが少しばかり声を落として訊ねると、男は白い歯を見せた。

「そっ。ちょっとヤバいところからお金を借りていて、拉致《らち》監禁されていたんだって」

笑えるような話ではないが、男にとっては恐ろしい話ではないらしい。

「それ、行方不明になってすぐにわかったの?」

「いや、最初は全然わからなかったから、騒ぎになったんだよ。初めのころは、家で倒れているんじゃないかって言われたくらいだし。それは翌日に従業員の一人が家を訪ねて違うってわかったんだけど」

「結局、監禁されていたことがわかったのは、どのくらい経ってからだった？」

「三日……いや、四日後かな。でも、見つかる前日には連れて行った人たちがわかったから、だいたい察したけどね。最終的にボロボロになっていたけど、自分の足で帰ってきたから、ひとまず問題ないってことになってさ。知り合いにお金借りて、借金は返したって言っていたから、そこで話は終わり。まあ、一時は臓器を取られたんじゃないかとか、マグロ漁船に乗せられたんじゃないかとか、クスリの人体実験をされているんじゃないかって、噂になってたよ」

拉致監禁も、ボロボロになっていることも問題あるが、本人が戻ってきたのなら、話が終わるところが凄い。それに、他から借金をして返したとしても、その場しのぎにすぎない気がする。この先のほうが危なそうだが、そこには触れないあたりが、ひなたには逆に怖く感じた。

「最近はこのくらいかなあ。俺が働く前なら、もっと盛り上がった話はあったみたいだけど」

「前って……どのくらい前のこと？」

「あー、いつごろだろう」

そろそろインタビューに飽きてきたのか、それとも直接知らない話なのか、男は興味がなくなったように、自分のスマホを触り始めた。

「教えて」

「俺も詳しくは知らないんだよー」

「じゃあ、いつごろの話かはいいから、どんな内容なのか教えて」

男の顔は、スマホの画面に向いたままだ。

「えっと……何だったかな。ああ、女の子がビルから落ちたヤツだ」

「落ちたって、自分から？　それとも偶然落ちてしまった？　もしかして――誰かに落とされたの？」

「えー、どうだったかなー」

「思い出して！　できれば犯人も教えて！」

「無茶言わないでー」

男の意識は完全にスマホに向いていて、寝ぼけながら答えているときの反応に似ている。考えて話している様子ではなかった。

ひなたは男の肩に触れるくらいの距離に近づいて、さらに質問を重ねようとする。が、「おーい」と、突然、別の男の声が割り込んできた。

それに反応したらしく、ひなたのそばにいた男はスマホから顔を上げる。

「あ、理久さん。どうかしたんですか？」

理久はストーンが付いて金糸《きんし》で刺繍《ししゅう》されたきらびやかな衣装を着ていて、ひなたが話していた男よりも、コスプレチックな格好が似合っていた。

「どうかしたんですか、じゃないよ。いつまで店を空けているんだ？　一応、営業中なんだけど」

「お客さん来ました？」

「来てたら、俺が店から出ないけどさ。何かあった？」

「すみません、ちょっと、取材を受けていました」

「取材？」

警戒するような言い方に、ひなたは恐怖心を抱いた。理久の視線から逃れるように、慌てて帽子を深くかぶりなおす。少しずり落ちたマスクを上げた。

「どんな取材？」

「ユーチューバーですって」

ひなたの代わりに男が答える。が、理久はひなたに訊ねた。

「撮れてるの？」

「え？」

「ここ暗いのに、スマホのカメラで撮れるのかって訊いてるの」

指摘されるまで気づかなかった。そもそもひなたは、録画するつもりがなかったから、画面が暗くても問題ない。

「音声がありますから、大丈夫です」

緊張からか、ひなたの声が普段よりも少し高くなった。

そう？　と理久が言うと、男が「そうだ！」と、声をあげた。

「理久さんなら知っていますよね。昔、女の子が落ちた話」

「なんだよ、突然」

「だから、昔、女の子がビルから落ちて、話題になった話です」

理久は少し斜め上を見るように顔を上げて考えたあと「ああ……」と、うなずいた。

「どうして、そんな話になってんの?」

「え? あ、どうしてだったかな……あ、そうそう、ここら辺で話題になるのは何かって話だ」

そんな話、面白いか? と理久は首をかしげた。

「残念ながら女の子が転落した話なら、何件かあるからどの話なのかわからないな」

「話題になったのは、事故か自殺か事件かはっきりしなかったヤツですよ。それって、いつのことですか?」

「んー……もう六年? いや七年前? でもそれは、最終的に事故ってことになったよ」

「なーんだ、そうだったんだ」

事故と聞いた途端、男は興味を失った様子だ。

だが、ひなたにとっては、そんなに簡単に割り切れる問題ではない。あれは事故なんかではないと知っているからだ。

「でも事件かもと言われていたのなら、それなりの根拠があったんですよね?」

ひなたは極力声を低くして訊ねる。マスク越しにこもった声は聞き取りづらかったのか、理久は何度か聞き返していた。

「まあ、現場に男がいたって報道されたから、そいつが突き落としたんじゃないかって話になって。落ちた女の子の顔見知りも多かったから、話題になりやすかったんだよ」

「お店で働いていたってことですか？」

「いや、まだ、高校生だったから」

「じゃあ、お客さんですか？」

「……うちの店じゃないよ。以前は十八歳未満も入店できた店が、ここら辺にもあったからさ」

ひなたは胸がざわざわして、返事ができなかった。

「いろいろ問題があってお店はなくなったんだけど、そこは年齢制限がなかっただけに、若い子たちが集まっていたな」

うつむくひなたの頭上で、理久がため息をついた。

「どうして事故ってことになったのかはわからないけど、現場にいた男は一度逮捕されたものの結局無罪になって、どこか別の場所へ行ったって聞いたよ。だから、なんでもなかったんだな、って話になった気がする。まあ、俺が知っているのは噂だから、どこまで正しいかわからないけど」

理久の言い分はもっともだ。ただ、当時報道された事実と、それほど違いはなかった。

「他に……犯人がいたってことはないですか？」

「現場には二人しかいなかったのに？　まあ、アイツの証言に関しては、この辺にいる連中は疑っていたけどね」

理久はどこまで知っているのだろうか。

だがそれを深く追及した結果、面倒なことになるのは困る。ひなたは明かりからさらに顔を隠すように、身体の向きを変えた。

報道がすべて正しいわけではない。ネットの噂にいたっては、もっと怪しいことばかりだ。

そもそも、ここは真実を隠してしまう街だ。

「詳しく知りたければ、警察か報道の人に訊いたら？」

一般人が知りえる範囲など限られている。だからこそ、ここでどういった話になっていたのかを知りたかったのだ。

「警察にユーチューバーが行っても、追い出されるだけですよ」

最初に話した男の能天気な物言いに、理久は「違いない」と笑った。


取材といって録画した動画は、ひなたが想像していたよりも人物がクリアに映っていた。暗がりにおいては人間の目よりも、レンズのほうが優秀らしい。

ひなたはもう一度動画を確認してから、スマホからテレビに視線を移した。

作業中はテレビを見ないが、食事のときはいつもつけている。これといって見たい番組はないが、打ち合わせがなければ、言葉を忘れてしまいそうなくらい、誰とも話さない日々を過ごしていたからだ。

「この時間はニュースかな……」

目的の番組がなければ、ニュースを見るのは、子どものころからの癖だろう。

両親は社会のことを知らないのは恥だとばかりに、幼児のひなたにもニュース番組を見るようにしつけた。堅苦しいスーツ姿の人たちが、笑顔なく原稿を読み上げている姿を見ても、子どものひなたは少しも面白くない。だけど、ひなたが望む番組が見られるのは、ニュースが放送されていない時間だけだった。

一人暮らしを始めてから、自由に好きな番組が見られるようになって、最初のころはバラエティ番組などを見ていたが、習慣とは恐ろしい。

「これはこれで、悪いわけじゃないけど……」

使うか使わないかは別として、漫画家として、時事ネタは知っていて損はない。とはいえ、離れてからも親の影響下にあるような気がするのは面白くなかった。

それでも、長年培《つちか》った習慣が抜けないまま、ひなたがぼんやりとニュースを見ていると、先日見た風景が目に飛び込んできた。

テレビカメラが映していたのは、ひなたが男にインタビューをしたところからすぐ近くにあるビルだった。

『こちら、少女が転落した現場です。今日の夕方四時ごろ、新宿歌舞伎町にある雑居ビルの八階から十代の女性が転落しました。転落した女性は心肺停止の状態で救急車で搬送され、その後病院で死亡が確認されました。警察では、女性と一緒にいたと思われる男性から詳しい事情を訊いているとのことです。繰り返します――』

八階からアスファルトの道路に転落したのなら、まず助からない。そして、自ら飛び降りたにせよ、他人が突き落としたにせよ、明確に『死』を覚悟していたに違いない。

今、テレビが映しているものは、七年前とは違うビルだ。それでも、強烈な出来事は忘れられずにいた。

報道番組のコメンテーターが、眉間にシワを寄せている。

五十代後半の男性コメンテーターは、大学教授という肩書で、テレビによく出演している。切れ味のいいコメントと、苦悩する表情が渋くていい、と女性ファンには好評だ。最近ではクイズ番組でもよく見かけるようになった。

「専門は、確か……メディア社会学だったたっけ」

テレビにとって、無難なコメントをくれる人だから、使い勝手がいいのかもしれない、と意地の悪い見方をしてしまうのは、このコメンテーターが七年前に言ったことが忘れられないからだ。あのころの肩書は准《じゅん》教授だった。

『こういった場所に出入りする十代の若者たちには、自分たちのルールがあります。社会のルールは守らないのに、自分たちのルールから逸脱することは許されません。だから、法よりも大切なものがある。でも社会は違うことを教えなければなりません。ただ、大人として、守ってあげたいですよね。難しいことですが、何とか手を差し伸べたい。いや、彼らの意見を聞いて、何が必要かを精査して、策を講じていければと思います』

七年前よりも、マイルドな表現だ。あのあと、SNSでかなりたたかれていたから、配慮したのだろう。当時よりもさらに炎上しやすい今は、神経質になるくらいでないと、テレビで発言を続けるのは難しいはずだ。

七年前はもっと過激な物言いだった。

『社会のルールを破っている彼らを助けることなんて、無理なんですよ。こっちがいくら手を差し伸べようとも、その手の存在に気づきもしない。見たいものしか見ないで、自分たちの主張はする。やりたいことがわからない。寂しい、誰も自分のことなんてわかってくれない、居場所がない。そう言いながら、だけど自分が望むものが勝手に目の前にやってきて、すべて上手くいくことを願っている。そんなことは無理だって、まともな大人ならわかりますよね。だけど、彼らはそれが理解できないんです。赤ん坊のように泣けば空腹が満たされ、清潔な衣服を与えられ、抱きしめてもらえる、そう思っているんです』

今でもネットを探せば、当時の発言は出てくる。

かなりバッシングされたが、一方で賛同する人もいなくはなかった。特に最後の部分に関しては、他のコメンテーターも同意していて、賛成派と反対派でちょっとしたバトルになった。

そして、肝心なことが置き去りにされ、世間はすっかり事故のことを忘れた。

だが世間は忘れても、ひなたが忘れることはなかった。

『七年前にも、このあたりで、同様の事件がありましたよね？』

女性アナウンサーが、男性コメンテーターに話を振った。

炎上したことを知らないはずはない。そのうえで話を持ち出しているのだから、ふてぶてしいともいえる。

案の定と言うべきか、男性アナウンサーのほうは、一瞬戸惑いの表情を浮かべたが、コメンテーターは最初から覚悟をしていたのか、特に慌てる様子もなく「ありましたね」と答えていた。

『ただ、あれは事件ではなく事故です』

コメンテーターの指摘に、今度は女性アナウンサーが慌てる。

『そういえば、そうでした。申し訳ありません。まだ私が、入社する前のことでしたので……』

だから間違えた、とでも言うつもりだろうか。

ひなたはSNSを開いた。自分から発信することはないが、閲覧はしている。話題になっている事柄などがランキング形式で表示される。案の定、ランキングの下位ではあったが、#ニューススーパーナイト、がトレンド入りしていた。そして、このコメンテーターとアナウンサーの対話が、動画付きで話題となっていた。

SNSは次々と意見が流れてくる。個人が勝手につぶやいているだけだから、感情に任せたコメントが多いが、スマホをスクロールしていく中で、ひなたの指が止まった。

『今回の犯人が、実は七年前の犯人だったりして』

いくつかの、いいね、が押されていたが、フォロワー数の少ないアカウントだったため、読んだ人はあまりいないようだ。次々に発信される新しいコメントに、人が反応しない意見はどんどん流れていく。

だがひなたは、しばらくそのコメントをじっと見つめていた。


歌舞伎町雑居ビルからの女性転落事件は二日後、一緒にいた男が逮捕された。もともと、目撃者が数名いたことと、任意で事情聴取されていたため、逮捕は時間の問題との見方だった。

現在のところ、今回の事件に関係しているホストを、昔の事件と関連付けるものは、何も報道されていなかった。

ただ、ひなたが想像するよりも世間の関心は薄く、犯人が逮捕されると話題に上ることもほとんどなくなった。

動機も、世間の関心を引くものではなかったからかもしれない。

ホストとその女性客という関係が、一般の人からすると別世界に感じられるのだろう。もしくは、さほど珍しくないと受け止めているか。実際、こういった事件は過去にもあったはずだ。

事件のあったビルの八階にホストクラブがあり、そこへ行く前に女性が空き店舗に誘ったと言われている。カギが開いていたのは、不動産会社の内覧の関係だったらしい。最終的にそこでもめて、女性が自殺をすると言い、止めようとしているうちにもみ合いになって、結果的に落とす格好になった——のは騒ぎを聞きつけた同僚たちの目撃証言から明らかになった。一見、ホストに有利な証言者ばかりのように思えるが、偶然、ホストと一緒にいた女性客の証言も得られて、それが事実となったようだった。

防犯カメラがあったわけではないから、これが百パーセントの真実なのだろうか、とひなたは疑う部分もある。そもそも、女性が本当に自殺をすると言ったのだろうか。その段階ではまだ、目撃者はいなかったようだから、男性のほうから、死に向ける言葉を発していた可能性だって、否定できない。

警察も多角的に捜査した結論だとは思うが、色付きのレンズ越しに見ていないとは、言えないような気もする。

「どうなんだろう……」

　ひなたの疑問に答えてくれる声はなかった。


　相変わらず、ひなたは忙しく働いていた。締め切りに追われ、慢性的に寝不足で仕事をしていた。

　それでも、今の生活に不満を抱いてはいない。

　左手にはスマホを、右手にはタッチペンを持ったまま、ひなたは会話をしていた。

「ええ、欠席で」

「そこを何とかなりませんか？」

　電話の向こうの相田は、本日三回同じセリフを言っていた。

「なりませんね。いいじゃないですか。これまでだって、欠席で通してきましたし」

「そうですけど、これまでの新人賞の受賞パーティーや、忘新年会とは意味が違うんですよ？　ＭＡＮＧＡワールド出版賞を受賞したんですよ？　多くの漫画家が憧れる賞なんですよ！」

　電話のため相田の表情は見えないが、声の調子から、必死な顔が浮かんできた。

　申し訳ないと思わなくもないが、ひなたにも言い分はある。

「最初から、顔は出さないとお伝えしていますよね？」

「それはわかっています。ただ、メディアの写真はＮＧで、授賞式だけでも出席するという方向はいかがでしょうか？」

「すべてＮＧとお伝えしています。それに覆面漫画家って、他にもいますよね？」

「もちろんいらっしゃいますが、野川さんほどかたくなな人は、ほとんどいません」

「ほとんど……じゃあ、数は少ないけど、いるんですね」

意味のない言葉遊びだが、最初に伝えていたこともあり、ひなたは開き直っていた。

「いらっしゃいますけど……でも、そういった先生たちだって、出版社のパーティーにはいらっしゃっていますし、この賞はとられていないので……そういう意味では、野川さんだけになると思います！」

相田も負けてはいなかった。

「それに今、映画化の話がきているんです」

「どの作品ですか？」

「『空色シーズン』です」

「へえ……」

最初に連載した作品だ。連載中にも何度かドラマ化の打診は来ていたが、形にならずに終わった。今回もまだ決定していないようだが、今までよりも確度の高そうな雰囲気だった。

「へえって、そんな他人事《ひとごと》みたいに言わないでください」

相田は呆れと怒りが合わさっているのか、いつもよりも強い口調だ。

メディアミックスとなれば、漫画が売れる可能性が高い。出版社にとってはそれが一番ありがたいのだろう。

間違っているとは言わない。ひなたもそのおかげで生活ができるのだから、漫画が売れないのは困る。

だけど、相田のように熱くはなれない。ひなたの手から離れた作品の責任まで持つのは重いと感じていた。

「映画化ともなれば、そのタイミングで重版して、公開に合わせてサイン会なんてこともするかもしれないんです」

「サイン会？　何度も言いますけど、人前には出ませんよ」

「わかっています。でもｗｅｂサイン会って方法もありますから」

「それなら、まあ……。あっ！　ｗｅｂでも顔は出しませんからね」

返事はなかった。だがそれだけで、相田が渋い顔をしているのが、手に取るように伝わってきた。

しばらくして、相田の「本当にかたくなですね」という、独り言のような返事が聞こえてきた。

「わかりました。サイン会はしなくて結構です。でも、授賞式には出席してください」

「お断りします」

人前に出たら面倒くさいことになる。相田には「過去にいろいろあったから」と言葉を濁しているため、本当の理由は伝えていない。だから理解してもらうのは難しいとはわかっているが、一歩も引く様子はなかった。

「お顔を出したくないのなら、お面とか、覆面つけますか？　そうやっている小説家もいますから。私、野川さんに似合いそうなのを探しますよ」

「嫌です！」

お面や覆面は、別の意味で断りたい。ポリシーを持っている人は別だが、ひなたの場合、顔を晒《さら》すだけでなく、人前に出ることそのものを避けているのだ。

それに、お面でいいのなら、ひなた以外の人間がお面をつけて、ひなただと言ってもいいような気がする。

そう提案するが、相田は、それでは意味がないと、拒否した。

「野川ひなた先生が登壇されることに、意味があるんです！」

「それは無理なので、相田さん、私の代わりにお願いします」

「えー……編集長から、今回は絶対出席させてと言われているのに」

いつになく粘る相田と話しているうちに、ひなたはそうだろうな、と思っていた。

一番一緒にいる相田は、ひなたが断ることは想定内だったはずだ。だが、上司に命じられれば、説得するしかない。

困らせることをわかっていても、ひなたは断るしかなかった。

「ごめんなさい。そして、いつもありがとうございます」

相田の降参した、と言わんばかりのため息がスマホから聞こえてきた。

「わかりました。授賞式は諦めます。でも家の中にばかりいて、座りっぱなしだと寿命が縮むって言いますから、少しは外出してくださいね」

言葉は強いが、ひなたを気遣う様子に、さすがに申し訳なさを感じた。

「一応、運動はしていますよ」

「ジムにでも通われているんですか？」

「ええ。あと、最近は少し足が遠のいていますが、格闘技を習っていたこともありますし」

「格闘技⁉　野川さんが？」

耳が痛くなるような声に、ひなたは思わずスマホを遠ざけた。相田は心底意外に感じているらしい。

「物騒な世の中ですからね。自分の身は守れたほうがいいので」

「確かに、そうですね。いつどんな事件に遭遇するとも限りませんし」

本当にそうだ。ひなたは、思わぬところで事件に巻き込まれることがあるのを知っていた。

ひなたは本棚からノートを取り出した。角が折れていて、中の紙は黄ばんでいる。

高校時代に使っていた数学や英語のノートはすべて捨てたが、漫画のネタが書いてあるこのノートはどれも手元にあった。

デビューしてから、何度も開いている。特に、新しくネタを考えるときは、このノートの中にあるものから選んでいた。もちろん現在連載中の作品も、高校時代に考えたものの一つだ。

あのころは、奇をてらったもののほうが良いと考えていた節はあった。とにかく、人が考え付かないようなものを、と思っていた。

「そのわりには、どこかで見たことがある内容だったりするんだけど……」

漫画にしろ小説にしろ、アイディアはすでに出尽くしたと言われている。実際、現在ひなたが連載中の作品も、目新しい設定ではない。

それでも、一つ一つの作品が同じなわけではなく、新しい設定を加えながら、これまでになかった物語を生み出している。

高校時代、一日一つはネタを考えると言って、毎日このノートを開いていた。

その決心の通り、ノートの中には日付とともに、ネタやキャラクターが描いてある。

「若いなあ……」

ひなたは高校時代を振り返ると、少し恥ずかしくなる。

でもこの熱量に、今は助けられていた。

漫研の部室で過ごした日々は、今でもひなたにとって重要な時間だ。

ぼんやりと昔を思い出していると、ひなたのスマホに着信を告げるメロディーが流れた。

「誰からだろう？」

今日は日曜日だ。ひなたに電話をしてくるのは、相田くらいだが、緊急の用でもない限り、平日しか連絡をしない。

見慣れない番号に、ひなたは疑問を感じつつ応答した。

「もしもし？」

『あ、オレオレ』

「……うちには息子も娘もいませんが？」

『違う違う！　詐欺じゃないから！』

「そういうことは、警察で話してください」

『違う、違うって！　俺だよ。レン』

「レン？」

『あ、じゃあ、恭《きょう》！』

自分の名前を間違えている時点でさらに怪しい。だが、焦ったときの話し方に聞き覚えがあった。

「もしかして――この前、歌舞伎町でインタビューに答えてくれた人？」

『そう！』

そういえば、ひなたは連絡先を渡していた。が、名前は聞いていなかった。

周囲は暗くて、顔も正面から見ていなかったこともあり、今ではすれ違ってもそのまま通り過ぎてしまうだろうが、この話し方はよく覚えている。

「どうかした？」

『理久さんが、話したいことがあるって言っててさ』

どうやら、恭は仲介を頼まれただけらしい。

「どうして？」

『知らない。ただ、連絡とれるかって言われたから』

「お店には興味ないけど」

電話越しに、ハッとふき出したような笑い声が聞こえた。

『じゃなくて、マジで話があるみたいよ。電話、代わっていい？』

何があるのだろうか。今さら、インタビュー料を払えなどと言うわけではあるまい。

気は進まなかったが、わざわざ電話をしてきたことが気になった。

「いいよ」

ひなたが了承すると、すぐに『もしもし理久だけど』と、笑い声がした。

「オレオレ詐欺の子分には、もう少し電話の作法を教えておいたほうが良いと思います」

『隣で聞いていた俺もそう思った。これじゃあ営業しても、客が来ないわけだよ。どんな営業しているんだか』

やはり恭には、接客業は向いていないようだ。

早々に転職を勧めたほうがいい、とひなたが言うと『手厳しいなあ』と、理久がこぼした。

『まあレンのことはどうでもいいけど、この前の話』

「……昔の事件のことですか?」

『そう。キミ、気にしてたでしょ?』

ひなたはそれには答えなかった。一度立ち話をしただけの理久が、わざわざ連絡してきたのだ。

あのときは、極力顔を見せないようにうつむいていたし、マスクもしていた。だが……。

ひなたのスマホを持つ手に力が入る。

『最近、同様の事件があったのは知ってる?』

「先日、逮捕されましたよね。まさか同一犯?」

『いや、さすがにそれは違うでしょ。今回の犯人は去年、東京に出てきたって話だったし』

ひなたが黙っていると、理久が『でね』と、言った。

『今回の事件があったことで、昔のことも、ちょっとだけ、また話題になっていたんだよね』

「それで？」

ひなたは早く先を聞きたかった。理久も無駄なことは話さずに続ける。

『で、ついこの前。当時、無罪になったヤツが、やっぱり犯人だったんじゃないかって話になったんだ』

「どうしてですか？」

『あくまでも、酒の席の会話だと思って欲しいんだけど』

「わかっています」

本当に確証のあることなら、ひなたではなく、警察に連絡しているだろう。

だから、それが噂の域を出ない話、ということはひなたも理解していた。

『その無罪になったヤツとまあまあ仲の良かったのが、聞いていたんだって。判決が出たとき〝上手く逃げられて良かった〟って言っていたのを』

「――えっ？」

ひなたの身体に電気が走った。頭の先から足先まで光が貫いた。

上手く逃げられた、とはどういう意味だ？

裁判で無罪になった直後なら、事件からと考えるのが自然だ。それはつまり……。

「実は、突き落としていた……」

『そうなるね。まあ、今さらだとは思うけど。何せ七年も前だから』

理久の声は、どこかしみじみと昔を懐かしむような響きがあった。

「だから、事件と言ったとき、何も言わなかったんですか？」

『ん？　ああ、キミが昔の事件って言ったこと？』

「はい」

『そういうわけではないかな。何となく、俺もあれはずっと、事故だったのが信じられない感じがしていたってのが大きいかもしれない。事件のことを詳しく知っているわけじゃないから、俺が何を言ったところで、今さらなんだけど』

七年前の事故の報道では、一緒にいた男が突き落としたのではないか？　という疑いがかかったが、周囲には抵抗する声が聞こえなかったことと、窓枠の汚れなどの状況から見て、事件性は薄いという結論になったはずだ。

だが、先日の事件とは違い、七年前は目撃者がいない。抵抗する声がしなかったからといって、事件性はないと判断するのが正しいのかは疑問だ。

『それにしても、危ないヤツと二人きりになんか、ならなきゃいいのになって、今でも思うよ』

理久の話しぶりから、後悔の念を感じる。

「あの……また、何か新しいことがわかったら、連絡をもらえませんか？　直接この番号にかけてもらって構わないので」

『それは構わないけど……でもなあ』

「困ることでも?」

『いや、俺はいいけど、なんか危なっかしそうで』

「危なっかしそう?」

『というか、何か企《たくら》んでいるのかなって感じ? たとえば――復讐《ふくしゅう》とか』

顔は見えないのに、理久の声には鋭さがあった。

ひなたは動揺を見せないように、一度深呼吸をしてから、少し低めの声を出した。

「そう思ったのなら、どうして連絡してきたんですか?」

『そう言われると困るんだけど……本当のことを見つけて欲しいって思っているからかな』

「自分ですればいいのに」

『そこまでの熱量はないんだ。とにかく、危ないことはしないで』

「そんな度胸はありません」

『じゃあ、どうして探っているの?』

どうして?

そんなことは決まっている。このまま、なかったことになんてさせたくないと思っていたからだった。

仕事に追われているうちに、気がつけばひなたは二十五歳になっていた。漫画中心の生活を送っていたが、ここらで少し、環境を変えようと思うようになった。

ひなたはカーテンを外し、最後の段ボール箱に封をする。見慣れた部屋のはずなのに、不思議と別のところのような錯覚を覚えた。

ブブッと、スマホが震える。相田からのメールだ。

メールには、転居に関してのねぎらいと、今後もよろしく、といった簡単な挨拶が書かれていた。数日前にすでに言葉を交わしているため、わざわざ今日、連絡をもらうとは思っていなかった。相変わらずマメな人だ。

相田とも長い付き合いになった。編集者は異動や転職が珍しくないだけに、これだけ長く一緒に仕事をすることになるとは、当初はどちらも思っていなかっただろう。そもそも浮き沈みの激しい漫画の世界で、ひなたが描き続けていることが、一番意外かもしれない。

相田には、高校を卒業してからずっと住み続けたワンルームのアパートは、手狭になったと伝えた。トランクルームに荷物を預けていたこともあって、もっと広いところへ引っ越したらどうか？ と言われていたから、住居を変えることは納得されたが、転居先には驚かれた。

東京では電車に乗れば欲しいものはいつでも手に入り、深夜でも人々の動きが止まることはない。それを当然のように思いながら生活してきたが、少し環境を変えたくなった。

幸いなことに、漫画家の仕事は、どこへ行ってもできる。新幹線を使えば、都内へのアクセスも悪くない——とはいうものの、新しく住む場所を探すとき歩き回ったら、さすがに地方とはこういう場所か、とひなたも思った。

それでも、都内のワンルームとさほど違わない家賃で、二階建ての一軒家が借りられるから、悪いことばかりではなかった。

『野川さんには、良いのかもしれませんね。打ち合わせはリモートでできますし、アシスタントさんが通うわけでもありませんから。それに、取材を受けることもありませんしね』

最後に付け加えられた言葉には、若干の皮肉も交じっている気もしたが、相田もおおむね賛成してくれた。

ただ、一軒家は借りただけで購入したわけでないことを知ると、少し驚いて『てっきり、どなたか一緒に暮らす方がいて、永住するのかと思いました』と言われた。

そんな予定はまったくないことをひなたが伝えると、今度は真顔で忠告された。

『それなら、また都内に戻ってくる可能性もあるってことですよね？　だったら一軒家に合わせて荷物を増やしすぎると大変なことになりますよ』——と。

今回の引っ越しで荷物の多さを実感したひなたは、相田の忠告をありがたく胸に刻む。もっとも、先のことは今は考えられなかった。

このアパートに引っ越してきたとき、ひなたはまだ漫画家ではなかった。高校在学中に担当編集者がついていたとはいえ、最初の雑誌では、デビューはかなわなかった。

その後、雑誌を『月刊ショコラ』に変えて、相田に担当してもらうようになってから、デビューできたが、それでも三年かかった。

よくここまで来たと思う。

――ピンポーン。

玄関のチャイムが鳴る。

引っ越し業者が来て、次々と荷物を運び出していく。

すべての荷物を運び終えると、業者の責任者がひなたのところへ来た。

「そちらのキャリーケースはどうされますか？　まだ、トラックに余裕はありますし、積んでいけますよ？」

「これは自分で持っていきます」

キャリーケースの中のものは誰にも渡せない。命よりも大切なノートが入っているから。

第二章　野川ひなた【二十六歳】

　ひなたが引っ越して半年ほどが過ぎた。

　漫画家という仕事柄、一日の多くは家の中で過ごしている。とはいえ、東京にいたころとは、生活サイクルは大きく変化した。

　以前は昼夜逆転の生活だったが、今は日付が変わるころにはベッドに入り、小学生が登校する時間には起きている。最寄り駅まで徒歩十五分。近隣の食品スーパーまでは二十分。東京にいたころも運動はしていたが、引っ越してからのほうが健康的な生活を送っていた。

　駅の近くにはレストランやカフェもある。ターミナル駅ではなく、住宅街にある小さな駅のため、朝夕のラッシュ時以外は、人通りはそれほど多くない。今いる店にもゆとりがあり、テーブルとテーブルの間隔も広いため、隣の話し声を気にする必要はなかった。床はもちろん、壁も天井も木のぬくもりを感じさせる店内は、落ち着ける空間だ。微《かす》かに流れるＢＧＭに耳を傾けていると、ひなたはついぼんやりしてしまいそうになっていた。

「いいお店ですね」

その声にひなたはハッとした。テーブルを挟んだひなたの向かいには相田がいる。相田は店内を見回していた。

「そうですね。想像より良かったです」

相田は、忙しく何度か瞬きをしながら、小首をかしげた。

「もしかして野川さん、こちらのお店に来たのは、初めてですか？」

「はい。相田さんがこちらまで来てくださると聞いて、入ってみようかと」

「えー……」

「作業は家でできますし、コーヒーも家で飲めますから」

それはそうだけど、と口にはしないものの、相田の顔は明らかにそう語っていた。

「お世辞ではなく、このお店のコーヒー、美味《おい》しいですよ？」

「気に入っていただけたのなら、良かったです」

相田はもう一口コーヒーを飲むと、「美味し」と、頬をゆるめた。確かにコーヒーの味は良かった。苦みの奥にフルーティーな香りがして、すっきりと飲みやすく後味もいい。メニューを見るとコーヒーだけで三十種類以上あった。細かな味の特徴が書かれていて、どれも興味を惹かれる。多少、味の違いがわかるようになったのは、成長した証《あかし》かもしれない。

「野川さんがこちらに越してきてそろそろ半年ですけど、東京が恋しくなりませんか？」

「全然なりませんね。東京にいたころも、それほど外出していなかったので、どこにいても変わらないってことに気づきました」

「あー……」

「物欲もそれほどないですし、お店もこの通り、ありますし。まあ、今はネットで何でも買えますから」

ひなたが出無精《でぶしょう》であることを、今さら相田に説明する必要はない。

「それにしても、今日はどうしてこちらまでいらしたんですか？」

ひなたが引っ越して以来、打ち合わせはリモートで行っていた。だが今日は、相田のほうから、対面で行いたいと言ってきたのだ。

「実は昨日、社用でこっちに来る予定があったというのもありますが、ちょっと折り入ってご相談がありまして」

わざわざ会いたいというのだから、何かあるとは思っていたが、良い話なのか、悪い話なのか。ひなたは身構えた。

「実は、こちらにある会社から、自社の商品と野川さんの漫画とのコラボをしたいという話が来ていまして」

相田はカバンから、説明資料を取り出す。

この近くにある酒造メーカーが、ひなたの漫画とコラボレーションした商品を発売したいとのことだった。

メーカーはひなたが引っ越したことなど当然知らなかったから、完全に偶然だが、地元では有名な会社で、全国的にも販売している。悪いイメージもなく、特に問題はなさそうだった。

「なるほど……」

「野川さん、あまりこういったことには積極的ではないですよね？」

「そういうわけでは……あるかもですね」

数年前にも、似たような依頼はあった。そのときは、ひなたが乗り気になれず、断っている。漫画を描く以外のことを考えるのは面倒というのが一番の理由だ。金銭的な条件は気にしないが、作品がどう扱われるかは、企画が進まないとわからないこともあるからだ。もちろん、ひなたの意見も反映されるだろうが、それに対する労力を考えると、面倒くさいと思ってしまう。

「相田さんが大変なことになると思いますけど」

「わかっています！　作品のイメージを壊さないようにチェックは私がします」

これまでこういったオファーは、ひなたが少しでも渋る様子を見せれば、「気が進まないことは無理しないでも」と言っていた相田が、珍しく前のめりだ。

ひなたの疑問に気づいたのか、相田は「好きなんです……ここのお酒が」と、恥じ入るように身を小さくしていた。

「二年くらい前からファンになって、それで今回このお話が来たので」

相田の声は小さく少し聞きづらかった。もう、かなり長い付き合いなのに、このような姿を見るのは初めてだった。

普段、相田の希望を突っぱねてばかりだ。今回くらいは、希望をかなえてあげたいとは思う。だがひなたは、資料を相田のほうに突き戻した。

「ごめんなさい」

「気が進まないですか？」

「……そうですね。申し訳ありませんが」

「そうですか……」

相田は語らずともわかるほど、残念そうな顔をしていた。

ひなたはもう一度「ごめんなさい」と頭を下げた。

「それで、先日お送りしたネームですが」

正直なところ、コラボレーションの話を断ることなど、大した問題ではなかった。これからする話のほうが、気が重かった。

相田もそれがわかっているのか、しょんぼりした表情から一変し、険しい顔つきになる。カバンからタブレット端末を取り出し、ファイルを開いた。

「ネーム、面白くなかったですか？」

「いえ……面白かったです。それは間違いありません。今まで描いてきた伏線が綺麗に回収されていて、ああ、これを読んでもらうために、これまでの時間があったのか、と思わされました。ただ……」

「なんですか？」

訊ねながら、ひなたは内心、無意味なことをしていると思っていた。理由など、訊かなくてもわかっていたからだ。

それでも訊いたのは、相田の口から直接聞いて、答え合わせをしたかったからにすぎない。もっとも相田も、ひなたがわかっていることには気づいている。ふぅ、と小さく息をついた。

「正直なところ、判断に悩みます。私も、連載立ち上げのときから一緒にいたので、野川さんのお考えもわかるからです。ただ……嬉しいことに、多くの読者さんに応援してもらえる作品になりました。ですので、まだその読者さんたちに楽しんでもらいたい、という気持ちもあります」

ひなたはネームとともに、この話を終わらせたいことを伝えた。もちろん、今回が初めてではない。すでに何度か伝えており、これが突然ということではなかった。

そしてその都度、もう少し延ばして欲しいと伝えられていた。可能な限り、編集部の要求を聞いてきたが、それももう、限界だった。

「そうですね。ありがたいですよね。応援してくれる人がいなければ、連載は続けられませんから」

「はい。それにまだ、話を膨らませられると思うんです。脇役《わきやく》で人気のキャラクターもいますし、その彼を多く登場させる話を入れても、喜んでもらえると思うんですよね。たとえば、ですが……」

相田はタブレットの上で指を滑らせ、ファイルを開いた。

「このキャラを再登場させるとかしても、面白くなると思うんです」

コラボの話のときより、相田の声に真剣さを感じられた。ジッとひなたの目を見て、反応をうかがっている。

相田が提案してきた案は一つではなく、全部で四つほどあった。そのどれも、読者の反応を想像することができ、喜んでくれるだろうと思えるものだった。しかもかなりよく考えられていた。

「なるほど……面白そうですね」

「ですよね？　そうなんです。最初にご提案した二つは私が考えたものですが、あとの二つは、うちの藤本《ふじもと》の案なんです」

藤本は四十歳前後の男性で、編集長だ。ひなたが出版社へ行ったとき、挨拶をしたことがある。藤本が編集長になってから、落ちてきていた部数が微増したという話もあるくらい、やり手の編集者だ。雑誌の売り上げが厳しいこのご時世でわずかとはいえ増やすのは、相当な手腕であることがわかる。そしてその彼がこの件にかんでいることで、相田がはるばるひなたのところまで来た理由がハッキリした。

ひなたは渡された提案をもう一度読み込んだ。四つのうち、一つ目と四つ目の案が面白いと感じた――が。

「ごめんなさい。『夢色パッション』は予定していたところまでにさせてください」

二人の間にけん制しあう空気が流れる。どちらが先に口を開くか。そんな探り合いが始まった。

ひなたにも譲れないものもある。いや、何より、最初から言っていたことだ。ここにきてこの提案はずるいのではないか、とも思った。

相田は相田で、プロなら読者のことを考えろ、とでも思っているのかもしれないし、それ以上に編集長に言われているだろう。

沈黙する二人のテーブルに、店員がピッチャーを片手にやってきた。

「失礼します。お水のおかわりはいかがでしょうか?」

「あ……お願いします」

はい、と言いながら、若い女性店員がひなたと相田のコップに、それぞれ水を注いでくれた。

失礼しました、とテーブルを離れる。

店員が入ったことで、わずかではあるが空気が変わった。

たがいに目を見合わせて、どちらからともなく微笑んだ。

「申し訳ありません」

先に謝ったのは相田のほうだった。

「私は、野川さんのお気持ちを理解しているつもりです。おこがましいかもしれませんが、これまで一緒に作品を作ってきたとも思っています。ですので、野川さんが望まれた通り、作品の幕引きをするのが、正しい姿でしょう。それが、野川さんの描く物語の世界だからです。ただ一方で、作品は先生と私だけで作ったものでもないと思っています。読者さんの応援や、寄せられる感想があって、形になったとも思います」

相田の言う通りだ。ひなたもそれを否定するつもりはなかった。

「そうですね。ただこれまでずっと、今のエピソードで終わらせると言っていました。その中で、可能な限り回数を重ねられるようにしてきたつもりです。それは、相田さんが一番ご存じですよね？」

「はい」

「そこは、変えられません」

「ご提案したエピソードは入れられない、と」

「ええ。今日、見せていただいた展開は、十分面白いと思いますし、話を広げることは可能だと思います。でも当初のお約束通り、これで終わりにさせてください」

「そう、ですか……わかりました」

予想外に、相田は引き下がった。てっきり、もっと粘られると思っていた。

相田が唇を横に引く。漫画であれば「ニヤ」と文字が書かれるような笑みを浮かべた。

「安心しましたか？」

「はい……まあ」

「最初から無理だと思っていたので」

「さすがですね」

「もちろん、野川さんが受けてくれたらいいと思っていますよ。今でも」

相田は、今でも、を強調するように、語気を強める。だがその表情は穏やかだった。

「とはいえ、今のまま終わらせても、何ら不満はないんです。話が終わる寂しさはありますが、物足りなさは一切ありませんから。ただまあ……こちらも、描いていただけるなら、やはりそれに越したことはないわけで、一応、ご提案をさせていただいたという感じです」

相田は軽い感じで言っているが、実際ここまで来たことを考えると、編集長には強く指示されているはずだ。会社に戻ったら、相田が責められなければいいが、とひなたは思っていた。

「大丈夫ですよ」

ひなたの心を読んだように、相田は笑っている。

「会社を出る前に、この説得は絶対無理ですからね、と言ってありますから」

「えー……」

だったらこれまでのやり取りは何だったのだ、とひなたは思う。

「それでも、一縷《いちる》の望みに賭けたんです。引き受けてもらえたら儲《もう》けものと思って。だって私も、もう少し続きを読みたいと思っていましたから」

「相田さん……」

こういう人だから、ひなたはこれまで漫画家を続けてこられたのかもしれない。

今まで、話の展開で意見をぶつからせることはあったが、ひなたが絶対に描きたくない、と言ったものを無理強《むりじ》いするような人ではなかったから。

だからこそ、ひなたも申し訳ないと思う。

相田はメニューに手を伸ばした。

話し合いは終わったはずなのに、まだこの店にいるのだろうか？

ひなたが疑問を感じていると、相田は「この話はこれで終わりです。ですので、次を考えましょう」と言った。

「次？」

「はい。今の連載が終わったあとのことです」

ひなたは、えー、と声が漏れそうになった。

相田と喫茶店を利用した日から、ひなたは平日は毎日通っていた。自宅では出せないコーヒーの味に、すっかりはまったからだ。

住宅街に立地しているとあって、日中はそれほど客は多くない。何度か訪れてそれを知ったひなたは、だいたい午前十時過ぎに店へ行くようになった。その時間であれば、ひなたのお気に入りの、窓際の奥の席が空いている。

「い――らっしゃいませ……。お、お好きなお席へどうぞ」

いつものようにひなたが窓際の席に座ると、普段見ない顔の女性店員が、水とおしぼりを持ってきてくれた。

「ご注文は、何にされますか？」

いつもの店員なら「今日は、○○ですか？」と訊いてくる。ひなたはメニューの上から順番にコーヒーを飲んでいて、それを知ってのオーダーの取り方だった。

「いつもの人はお休みですか？」

年若い女性店員が、きょとんとした顔をした。

「市山《いちやま》さん……だったと思いますけど」

左胸にネームプレートをつけていたため、何度も通ううちに名前を憶えていた。

「え？　ああ、はい。今日はお休みです。その代わりに私が」

そう答えた店員の胸元には「向井《むかい》」と書かれたプレートがついていた。店に入ったときに、かなり若い店員だと思ったが、言葉を交わして、その考えが間違っていなかったということに確信を得た。どう見ても高校生だ。

平日の午前中であれば、普通なら学校へ行っている時間だろう。

「向井さん普段は……？」

訊ねてから、初対面で踏み込みすぎの質問だったかとひなたは不安を覚えたが、向井に気にした様子はなかった。

「私の出勤は主に土、日になります。今日はたまたま学校が休みだったので、シフトに入れてもらいました」

やたらと早口でそう言ったかと思うと、向井は突然腰をかがめてひなたの近くに顔を寄せた。

「あの！」

「は、はい……？」

読めない行動に、ひなたは若干の恐怖を感じる。

だが通路側には向井が立っている。逃げようにも、どうすることもできなかった。

「私、向井きらりと言います」

突然店員に自己紹介をされたひなたは返事に困り、「はい」と答えたものの、驚きもあって声がかすれた。

「野川ひなた先生ですよね？」

「え？」

「漫画家の野川先生ですよね？」

「えっと……」

ひなたは一度も、漫画家として顔を出した覚えはない。顔出しNGは出版社にも伝えてある。ネットで「野川ひなた」を検索しても、当然一枚も顔写真はない。出てくるのは、これまでに描いた作品やイラストばかりだ。

「大丈夫です。誰にも言いません」

「それは……ありがとうございます」

自分でも間抜けな返事だと思いながら、ひなたはなぜか礼を口にしていた。

「でも、いったいどうして？」

ひなたの質問に答えてもらう前に、別の席から声が飛んでくる。

「すみませーん、注文お願いします」

「あ、はい。今おうかがいします」

店員は小さく頭を下げて、ひなたのテーブルから離れた。

——気づかれた。

ひなたはメニューを見るフリをしながら、視線の端で他のテーブルに行っている、年若い店員の姿を追っていた。

ひなたがこの店に通うようになってから、きらりの顔を見た記憶はなかった。平日の日中だったから、学校に通っているきらりの勤務時間でないのは当然だろう――が、最初に相田とこの店に来たのは、土曜日の昼過ぎだった。

再びきらりが、ひなたのテーブルのところへやってきた。

「ご注文はお決まりでしょうか?」

オーダーの代わりに、ひなたは疑問を口にする。

「私がここで、担当さんと打ち合わせをした日に、勤務されていたんですね?」

「はい! そのとき、お冷を持ってきて……」

テーブルの上にタブレットを出していたのを見られていたらしい。その後、顔を合わせる機会がなかったため、今日、声をかけてきた、といったところだろう。

「私、普段は学校があって、なかなか平日にシフトに入れなかったので、ずっとお会いできなくて」

「あー、はい、うん、わかりました」

「驚かせてごめんなさい! でも私、他の人には言っていませんから」

「……そうなの?」

「はい! だって、先生のご迷惑になったら申し訳ないから。あ、ただ、きっと漫画家さんだろうってことは、他の人たちも気づいていました。その……作業を見た人がいて」

テーブルの上にタブレットを出していたことを言っているのだろう。

作品名はわからずとも、漫画を描いている人、というのは意外と目立つらしい。しかも平日の日中に決まって訪れる客となれば、一般的な会社勤めでないのは明らかだ。

店員の間で、漫画家らしき常連客がいる、という話になるのは仕方がないのかもしれない。

もちろん、店員が客にこうして声をかける行為はしてはならないだろうが、クレームを入れようとは思わなかった。

「コロンビアを一つください」

「かしこまりました。ミルクとお砂糖はお使いになりますか?」

「いえ……」

いつもより、苦いコーヒーになりそうだと思いながら、ひなたは窓の外を見ていた。せっかく、メニューを上から順に試していこうと思っていたが、今日で終わりにするしかなさそうだ。もう少し通えると思っていたから、それだけは心残りだった。

当然、その日は作業などできるわけもなかった。が、きらりはそれから何度も、ひなたのテーブルの近くを通っていく。もちろん、不必要に声をかけてくることはなかったが、水のお代わりを何度も聞かれたから、話しかけたくて、うずうずしているのは手に取るように伝わってきた。

入店して三十分で五度目の「お水のお代わりはいかがですか?」の問いに、しびれを切らしたのは、ひなたのほうだった。

「何か用ですか？　向井きらりさん」

「いえ、あの……今日は描かれないのかなって」

あなたが見ているから、とは言えなかった。

「まあ……」

「私、先生の『夢色パッション』いつも読んでいます」

「ありがとうございます」

きらりの目が、名前のごとくキラキラと輝いている。

あまりの純粋さに、ひなたの胸がわずかに痛んだ。

「本当に大好きです。この前、雑誌の懸賞にも応募しました。アクリルスタンドが欲しくて！

……外れてしまいましたけど」

きらりがしょんぼりと肩を落とす。

ひなたはもちろん、懸賞の当落には関与していないが、目の前で残念がっている様子を見ると、反射的に「ごめんね」と謝っていた。

「雑誌で読んでくれているんだ」

「はい！　最初は単行本を買っていましたけど、面白くて、待ちきれなくて」

飾り気のない感想は、その分ストレートにひなたの胸を打った。漫画を描いていて、面白かったといわれることは何より嬉しい。

ひなたが読者の感想を受け取るのはファンレターだ。当然それらは、どのキャラクターが好きで、どのシーンが好きで、今後どんな展開を待っているかなど、言葉を尽くして伝えてくれる。

でも、直接顔を合わせていると、言葉にできない感情までが、ひなたの心に飛び込んできた。

「学校でも、いろんな人に布教しているんです」

「ありがとう」

「もうずっと、先生の漫画を読んでいて――あっ、違った」

「ん？」

「三作ほど、読めていない作品があるんです。短編ですけど、捜しても見つからなくて」

「ああ……」

恐らく、デビュー直後の読み切りだろう。

ひなたがタイトルをあげると、きらりは「それです！」と、即答した。

短編を集めて一冊の作品集として発売することもあるが、ひなたの場合は、連載作品のページ数合わせで、これまで描いた短編を収録してもらっていた。

きらりが未読の短編は、これまでどの本にも未収録で、電子書籍でも読めない状態だった。

「いつか、読めますよね？」

「どうかなあ。それを決めるのは漫画家じゃなくて、出版社だから」

ひなたがそう言うと、きらりは残念そうに肩を落とした。

ここまでひなたの作品を好きだと言われて、悪い気はしなかった。

ただ、邪険に扱ったら、何をされるかわからない怖さはある。学校の同級生は興味を示さなくても、ネット上に情報を書き込まれたりしたら、さすがに食いつくファンもいるかもしれない。

どうするべきだろうか。ひなたは頭の中で、これからの展開を考える。

「……うちにあるから、今度読みに来る？」

「え？」

「あ、それよりもここに雑誌を持ってきて、貸せばいいか」

「いえ！　私、先生の家に行きたいです！」

「来たところで、特に面白いことはないけど」

「でも、先生が漫画を描いているところも見てみたいですし！」

前のめりの姿勢のきらりを見ていて、ひなたは疑問を覚えた。

「もしかして、向井さんも漫画を描いたりするの？」

「え、まあ……ちょっと。あ、でも本当にちょっとですよ！　まだ、全然、お絵かき程度なので」

「高校生なら、それで不思議じゃないけど」

「でも、まったくなんです。話がまとまらなくて、最後まで描いたこともないですから。ホント、難しいです」

「それはプロになっても同じ。漫画を描くって難しい。そっか……でも、漫画を描いているんだ」

いいえ、と言いたそうに、きらりは首をぶんぶんと横に振った。その動きがあまりにも大きく、カウンターの中からの視線が少し痛かった。

店が空《す》いているとはいえ、これ以上長話をするのは、きらりの立場がマズくなりそうだ。

「向井さんは、今何年生？」

「一年です！」

きらりは、家はこの店の近くにあり、四駅ほど離れた高校に通い、バイトは主に週末の、学校のない日に入っていることを、ひなたが訊ねる前に、自分から話してくれた。

「じゃあ、平日の放課後は何をしているの？」

「今日のように、バイトに入れる日はお店にいることもありますけど……そうでない日は、友達と遊んだり、あとは家で漫画を読んだりしています」

ひなたは「そっか」と答えてから、メモ用紙に自宅の住所と電話番号を書いた。

「平日の夕方ならたいてい家にいるから、良ければ」

きらりが「え？」と言ったまま固まった。

少しすると、口をパクパクとさせていたが、声にはならない。

そんな様子を見ていると、ひなたはきらりをかわいい、と思った。

「うち、漫画本だけはたくさんあるから」

ひなたがそう言うと、きらりは少女漫画のように目の中の星を飛ばして、笑顔になった。

※

「ただいまー」

きらりがバイトを終えて、午後六時過ぎに自宅へ着くと、家にはまだ誰もいなかった。

母親はあと三十分もすれば仕事から帰ってくるだろう。だが、父親の帰宅時間は読めない。

遅いときは日付が変わっても帰ってこず、早ければ――そもそも家から出ない生活をしていた。

父親は先月仕事を辞めた。今回は二か月ほど働いたから、これでも長く続いたほうだ。早いときは三日ともたない。

次に働くのは、良くて三か月後だろう。だいたい、いつもそんな感じだった。

「パチンコかな」

小さいころは、仕事へ行っているのだとばかり思っていたが、そうでないことに気づいたのは、小学校高学年くらいになってからだ。

母親から聞いたわけでも、父親が話したわけでもないが、ずっと一緒に生活していれば、自然ときらりの耳に入ってくる。それが、母方の祖父母からか、口さがない近所の人たちからであるかは、大きな違いではなかった。

そんな父親だったが、きらりが小学校に入ったくらいのころはよく遊んでくれて、懐いていたと思う。父親が外出先から帰ってくると、お菓子をもらえて喜んでいたが、それがパチンコの景品だったというのは、あとで知ったことだ。

「無邪気だったなあ……」

父親はきらりには優しい。ただ、ひとたび不機嫌スイッチが入ると、誰が話しかけても答えてくれない。そんな様子に振り回される母親のことを気の毒に思うこともあるが、それでも離れないのだから、お互い依存しているのだろう。

もっとも、そう思えるようになったのも、きらりが高校に入りバイトを始めてからで、それまでは両親の間に入って右往左往していた。

「お金、貯《た》めないと」

高校生にできるバイトは限られているため、思うようにはいかないが、まだ一年生だ。卒業までに一人暮らしを始められるくらいになればいい。

「それにしても……」

ひなたが最初に店に来て、「『夢色パッション』は予定していたところまでにさせてください」

と言ったときは、信じられなかった。もちろんそれだけでは本人か確証がなかったから、何度もテーブルの近くをうろついた。

盗み聞きしている中で、担当編集者と思われる人が「野川さんが」と度々言っているのを耳にして、ようやく本人だと確信した。

顔写真が出ていなかったため、これまでどんな人が描いているのだろうと想像していたが、知ったときは本当に驚いた。だが同時に感動した。

『夢色パッション』を描いている人が、自分の近くにいた。

ただ、きらりが出勤しているときに来店していたのは一度だけで、あとは学校へ行っている時間帯に来ているらしいと、他のバイトの人から聞いて、落ち込んでいた。一度だけ、きらりが土曜日に休んだ日に来ていたと聞いたときは、悔しさに震えたが、その代わり、文化祭の代休日にシフトに入れてもらって、次こそはと意気込んでいた。

そして今日、話しかけることができた。

もちろん、客と個人的な会話をしたことは店長から怒られたし、きらりも非常識なことをしたことはわかっている。

それでも気持ちを抑えられなかった。

「しかも、家に行ってもいいって！」

興奮で、じっとしていられない。

きらりはアパートの部屋の中で駆け回りたいくらい浮かれていた。ただ、古い集合住宅の二階で走り回ったら、一階の住人から苦情が来ると思い、ぎりぎりの自制心を働かせた。

自分の部屋へ行き、制服のままベッドの上に飛び込む。そのまま、ゴロゴロとベッドの上に転がった。

「ヤバすぎる。夏休みの始まる日だって、こんなにワクワクしないのに」

きらりはベッドから起き上がり、本棚から漫画本を取り出す。もちろん、野川ひなたの本だ。表紙に描かれている絵が、さっき店のカップを持っていた手から生み出されたものだと思うと、平常心ではいられなかった。

「私も描けるようになるかなあ」

今まできらりは、本気で漫画家になろうと思ったことはなかった。

もちろん漫画は大好きだが、今は描くよりも読むほうが好きだ。自分には野川ひなたのような才能はないし、あんな存在になれるとも思わない。

だけどもし頼んだら、きらりが描いたものをひなたに見てもらえたりするのだろうか、なんてことも考えてしまう。

高校を卒業したら就職して、家を出る。それだけが目標のきらりのなかで、このままでいいのかと思う気持ちもあった。

特に夢も希望もなくて、周りにいる友達がキラキラしているように見えていた。何も持たない自分にコンプレックスを感じていた。

そんな中で、今日の出来事はきらりにとって、希望ともいえる光だった。

胸のときめきが止まらないきらりは、ベッドの上を何度も転がった。

※

翌日、きらりは四時半過ぎに、ひなたの家へやってきた。息を切らすきらりは制服を着ている。

「学校から直接来たの？」

きらりとひなたの家の最寄り駅は同じだ。ただ、駅を挟んで反対側にあるため、一度自宅へ帰ると、時間のロスは避けられない。それでも、三十分くらいの話だ。

「はい、時間がもったいなくて」

見知らぬ場所へ来たせいか、きらりのテンションは初めて会ったときとは違っていた。緊張しているらしい。落ち着きなく家の中を見ていたかと思うと、ハッとした様子で我に返る。ひなたが近くに寄るとうつむいて顔を上げない。

きらりくらいの年齢の女子高生が憧れるアイドルやタレントならともかく、ひなたはただの漫画家だ。

ひなたはきらりをリビングに案内して、リンゴジュースの入ったコップを渡した。

「コーヒーや紅茶のほうが良かった?」

「いえ、なんでも、大丈夫です。好きです。いただきます! 喜んで!」

やはり緊張しているらしい。やたらと早口で、言葉がつぎはぎされたようにぎこちない。

ただ、かわいらしくもある。

高校を卒業して以来、ひなたは十代と言葉を交わすことなどほとんどなかった。あるとすればコンビニの店員くらいで、当然長い会話はしない。ともすれば「最近の高校生は」などと言ってしまいそうになっていたが、ひなたを前に緊張しているきらりを見ると、懐かしくもむず痒《がゆ》い気持ちになっていた。

「一人暮らしだから気を使わないで」

「でも、誰か遊びに来たりとか……」

「きらりさんが初めてのお客様。担当さんもここには来たことないから」

自分が初めてと言われたことに特別感を感じたのか、きらりは嬉しそうな表情を浮かべた。

「昔の漫画が読みたかったんだよね。テーブルの上に置いてあるから、好きに読んで」

普段は別の場所にしまっているが、今日はきらりが来る前に用意しておいた。

「あ、古い雑誌だか――」

「傷つけないように読みます!」

先回りをするように、きらりがひなたの言葉にかぶせてきた。

「違うよ。気にしなくていいからって言いたかっただけ」

「え、でも凄く大切なものですよね」

「んー……でも、漫画は読んでもらうものだから。普通に読んで紙が折れたりするくらいのことは、当然だと思うよ。楽しんで欲しいな」

「はい」

うなずいたものの、見てわかるくらい、相変わらずきらりの肩に力が入っている。

ひなたがそばにいれば、その緊張が和らぐこともないだろう。

そう思ったひなたは、ドアのほうへ歩いた。

「じゃあ、この部屋で読んでいてもらえるかな?」

「もちろんです！　私のことなど構わないで、先生はお仕事していてください」

いやいや、とひなたは心の中で突っ込んだ。

別の部屋へ行こうとは思っていたが、仕事をするつもりではなかった。

漫画家は一日中漫画を描いているばかりじゃない。勉強と称して寝転がって漫画を読んだり、アイディアのためと映画を見るのは日常茶飯事だ。

ただ、ここまで目を輝かせているきらりの前ではやりにくい。きらりが抱く漫画家のイメージを崩してしまいそうだ。

それに、原稿がはかどっているかと言うと――ひなたの頭の中に、相田の顔が浮かんだ。

「……うん、二階の突き当たりの部屋で仕事をしているから、何かあったら声をかけてもらえるかな」

ひなたは小さくため息をこぼして、階段を上がった。

※

『第一回進路希望調査書』と書かれた紙を見ていたきらりは、「もう？」と声に出していた。

「私たちまだ一年なのに、早くない？」

きらりと一緒に昼食を食べている井原友香《いはらともか》が、口元まで運んでいた箸を下ろした。

「一年って言っても、もう十月だし、そんなもんじゃない？　お姉ちゃんが行っていた学校なんて、入学直後に配られてたよ」

友香の姉の出身高校は、県内でもトップクラスの進学校だ。きらりたちが通っている学校は、偏差値的には比べようもない。

「私ら別に、大学進学が絶対じゃないじゃない」

「そうだけど、進路調査は進学だけじゃないでしょ。大学なのか専門学校なのか、それとも就職なのか。それによってクラス分けもありそうだし」

「そっか。友香は大学でしょ？」

「その予定だけど、ちょっと悩んでる。どうせ、お姉ちゃんと同じような大学には進めないし」

友香は学年でもかなり成績上位にいる。だからきらりからすれば、頭がいい、と思う。でも、きらりがどんなに「友香、頭がいいねー」と言っても、「全然そんなことないよ」と否定される。

家庭環境を聞いて、それが本心から言っていることを知ってからは、きらりも言わないようにしていた。同じ屋根の下に自分よりも頭のいい人がいて、親からも「お姉ちゃんはよくできるのに」と幼いころから言われ続けている友香にとっては、学校内での順位などあてにならないモノサシなのだろう、ということくらいは理解したからだ。

そういう意味では、きらりは気楽だ。期待もされなければ、比べられる対象もない。そもそもきらりの親は二人とも大学へ行っていないこともあって、勉強に対しては無関心もいいところだ。

「きらりはどうするの?」

「就職かなあ、とは思っているけど」

大学に憧れがないわけではないが、とりたてて学びたいこともなく、そもそも勉強が好きではない。しかも、金銭的に余裕のない家庭とあれば、選択肢は決まっている。

「けど、ってことは、他にやりたいことがあるわけ?」

「うーん……それもちょっとわからないんだよねえ」

「どういうこと? まさか、結婚して就職はしないとか?」

「そんな相手いないよ。そうじゃなくて、進学でも就職でもない道もあるかなあ、とか」

友香が真顔になった。

「……もしかして、ニート？」

きらりはふき出した。

「いきなりそれ？」

「だって、進学でも就職でもないって選択肢だと、それくらいしか思いつかないから。正社員じゃなくてバイトにしても、就職に該当するだろうし」

あー、そうかー、ときらりは思った。

世間では、高校を卒業しても何もしていないと、そういう目で見られるのかと気づいた。

きらりも正直なところ、何がしたいか明確にわかっていないから悩んでいる。

漫画は好きだ。好きだけれど、これまでずっと遠い場所だと思っていた。それが、ひなたと会い、何だか近い存在に感じられた。

だからといって、自分が漫画家になれるとも思えない。思えないけれど、このままでいいのだろうかと悩んでいる。

言葉にして伝えることが難しい状態で、担任教師から渡された一枚の紙きれが重く感じられた。

「花恋《かれん》は、ヘアメイクアーティストになりたいって言っているよね」

花恋も同級生だ。さっきまで一緒に弁当を食べていたが、先に食べ終わり、他の女子の髪の毛をセットしている。昼休みは花恋美容室の営業中だ。コンビニの菓子一つで、放課後のデート用へアスタイルを作ってもらえるとあって、客が途切れることがなかった。

「凄いよね、やりたいことがあって」

友香が羨ましそうな視線で、花恋を見ていた。

きらりからすれば、友香も羨ましいが、それは口にしないでおいた。

「あーあ、なんて書いて出そうかな」

「きらりは漫画家を目指せば？」

「ええ？　何で？」

ひなたとのことは内緒にしている。だから友香の言葉に驚いた。

「何でって、きらり、いつも漫画を読んでいるじゃない」

「あー、そっちか。うん、読むけど、読むのと描くのは別でしょ。ああいうのは、才能のある人がやるんだよ」

「そうかもしれないけど、きらりに才能がないなんてことは言えないでしょ？　描こうとは思わないの？」

どうかなあ……と、きらりは誤魔化《ごまか》した。

「私はきらりの漫画を読んでみたいと思うけど」

「よく言うよー、漫画は読まないクセに」

「めったに読まないけど、きらりがお薦めしてくれたのは読んでるよ。あれ、面白かった」

「嘘！」

「ホント。きらりがあまりにも熱く語っていたから。えーっと、野村……違う、野山……これもなんか違う」

「野川！　野川ひなた先生！」

「あ、そうだ。野川ひなた、だ」

友香の口から、ひなたの名前がでたことで、きらりは本人に会ったことを言いたくなった。しかも会えただけでなく、家にまで行ったのだ。きっと友香も驚くだろうし、自慢したい気分だった。

だけど、きらりは何とか黙っていた。

ひなたから口止めされているし、迷惑をかけたくない。何より、きらりだけの特別にしたい、そんな思いもあった。それに他人に教えたら、二度と出入りできなくなるだろう。それは何よりも嫌だった。

「漫画……ちゃんと練習してみようかな」

教えて欲しいと頼んだら、ひなたは何と言うだろうか。

そんな甘い考えでは無理だと言うだろうか。それとも、相手にしてくれないだろうか。

遊びではなく、本気で描くにはどうすればいいのか。

そんなことを考えながら、きらりは白紙の進路希望調査書を眺めていた。

※

「いらっしゃい。入って」

ひなたがドアを広く開けると、きらりの両肩がすとんと落ちた。チャイムを押すまでの緊張が、少し抜けたらしい。

「お邪魔します」

それでも遠慮がちにしている。ひなたの家のドアをくぐったきらりは、二度目の訪問にもかかわらず、落ち着かない様子で辺りを見回していた。

『今日、お邪魔しても良いですか?』

きらりからのメッセージがひなたのもとへ送られてきたのは、今から一時間前のことだった。ちょうど買い物から帰ったところで、時間的に問題はなかった。

リビングに通すと、きらりはカバンから漫画雑誌を取り出した。ひなたの家で一度は読んだが、再度読みたいと持ち帰っていた。

「ありがとうございました。最高に面白かったです! どうしてこれが、単行本に収録されなかったかって思うくらいでした」

「それは……ありがとう」

ひなたからすると、過去に自分が描いた作品は、つたない部分もあるし、絵柄が変わっていることもあって、恥ずかしくて見返せない。でも、そんな作品でも、面白かったと言われると、悪い気はしなかった。

「他の漫画も読む？　たぶん、きらりさんが読んだことのない漫画が、この家にはたくさんあると思うから」

「良いんですか？」

「もちろん。最近は昔の本を読み返すことがなかったから、誰かに読んでもらえたら嬉しいよ。こっちの部屋に来て」

ひなたはリビングから続く部屋に、きらりを案内する。引っ越してから最初に整えたのがこの部屋なのだから、自分もたいがいだな、と思う。

ドアを開けると、きらりが「わあ……」と声を漏らした。

「ここは資料室……という名の本の部屋。デッサンの本とか、資料に使った本もあるけど、八割は漫画。結構古い作品から最近の本まであるから、楽しめると思うよ」

「天国……」

「大げさ」

「いえ、本当に。だって、こんなにたくさんは買えないから」

きらりは引き寄せられるように、本棚に近づいた。

「凄い、本当に凄い」

「この部屋にあるのは、好きに読んでもらって構わないから。ひと声かけてくれれば、家に持ち帰って読んでもいいし」

「ありがとうございます！」

ひなたの声は聞こえているようだが、きらりの目は本棚に釘付けだ。こんな光景を見ると、ひなたは高校時代を思い出した。

「もう少し、ゴチャゴチャしていたか」

「え？」

本棚を見ていたきらりが、ひなたの声に反応して振り返る。

「ううん、なんでもない。じゃあ、何かあったら声をかけて」

「わかりました」

返事はあるものの、きらりの手はすでに本棚に伸びていた。心はすっかり漫画に捕らえられている。

背中からでさえ、心が弾んでいるのが伝わってくる。

ひなたはその様子を少しの間眺めてから、部屋から出た。

「あのー！」

背後からきらりの声がして、ひなたは飛び上がらんばかりに驚いた。ヘッドフォンをしていたせいで、ずっときらりの声が聞こえていなかったが、何度も呼ばれていたらしい。

ごめん、ごめん、と謝って、ひなたはヘッドフォンをはずした。

「何？」

「そろそろ、帰ろうかと……」

パソコンのディスプレイの右下にあるデジタル表示を見ると、時刻は午後六時半になっていた。

「凄い……」

きらりの目は、ディスプレイに向いていた。

「ああ、そっか。ごめん、これは次の号に載るのだから、あんまり見ないでもらえるかな」

「ご、ごめんなさい！」

きらりが勢いよく回れ右をする。が、ディスプレイが気になるらしく、頭がピクピクと動いていた。

「掲載済みのものなら見ても構わないけど。カラー原稿もあるし」

とはいえ、すでに掲載したものであれば、きらりは雑誌で見ているはずだ。新鮮さはないし、デジタルで描いているため、アナログの生原稿のような手触りといった味もない。

「面白くはないだろうけど」

そう言いながらひなたがパソコンのフォルダをクリックして、大きなディスプレイに過去の扉絵を表示する。

雑誌の見開き以上のサイズのディスプレイに映し出されたカラー原稿は迫力がある。拡大すれば、細部まで確認することができた。

はあ、とも、ふぅ、とも、声にならない息が、きらりの口からこぼれる。

「去年の三月号の巻頭カラーの扉絵」

「いえ、これは四月号だと思います」

「え、そうだった？」

そう言われると、そんな気もした。

ひなたのおぼろげな記憶よりも、きらりのほうが正確だろう。ファイルを確認すると、確かに四月号に掲載されたものだった。

「デジタル、面白そうですね」

きらりの顔は画面に向いたままだ。デジタルネイティブ世代のうえに、多少なりとも絵を描いている人なら、興味を惹かれるのは自然なことかもしれない。

「きらりさんが描くときは、アナログなの？」

「はい。学校でタブレットは使ったことがありますけど、絵は描かないですね」

「ソフトの問題もあるからね……——あっ！」

話しながらひなたは仕事部屋のクローゼットを開けた。普段使わないものを置いている上の棚に手を伸ばす。そこから月刊誌くらいのサイズの箱を取り出した。

箱はかなり年季が入り、角がつぶれている。表面にプリントされている文字は色褪《いろあ》せていて、古さは否めない。だが蓋を開けると、中からは綺麗な状態のタブレットが出てきた。

きらりに見せると、「わあ……」と目を輝かせた。

「使って」

「ええ？」

きらりは喜びよりも戸惑いのほうが強いらしい。目を白黒させていた。

「このタブレットには、絵を描くためのソフトが入っているから、好きに使って」

長らく放置していたから、当然充電はされていない。机の引き出しから、充電ケーブルを取り出して差し込む。しばらくコードをつなぐと、画面が明るくなった。

ずっと放置していたが、壊れてはいないはずだ。初心者が遊ぶくらいなら、問題ないだろう。

「でも、こんな新品……」

「新品じゃないよ。見た感じは綺麗だけど、中古で買ったものだから気にしないで。それにもう、かなり古いから」

「……本当に、いいんですか？」

「うん、買ったけど、結局しまいっぱなしだったし」

「えー、もったいないですよ」

「だから、きらりさんが使ってくれると助かる。このましまっておくより、誰かの役に立ってもらったほうが嬉しいから。使い方は教えるよ」

それでもきらりはしばらく遠慮を見せていたが、ひなたが何度か「使って」と言うと、ようやく受け取った。

「わかりました！　でもこれ、どのくらい放っておいたんですか？」

「どのくらいかなあ……」

ひなたはそう言いながら、高校時代を思い浮かべていた。

※

ひなたに「好きに使って」と言われたタブレットを、きらりは本当に自由に使わせてもらっていた。ただ、タブレットを使うのはひなたの家だけにしている。高額なものを借りて壊してしまっても怖いため、きらりのほうから、そう申し出た。

ひなたの家ではタブレットで絵を描き、漫画本は借りて、家で読むことにした。

リビングできらりがカラーイラストを描いていると、ひなたが「洋ナシ食べる？」と訊いてきた。

断ろうかな、と思ったタイミングで、きらりのお腹が鳴った。

「私が切ります！」

「そう？　それなら、お願いしようかな」

ひなたにキッチンへ案内されて、果物ナイフと皿の場所を教えてもらう。

キッチンはそれほど広くはないが、掃除も行き届いていて、綺麗で使いやすそうだった。

「先生は普段、自炊しているんですか？」

「一応は。自分が食べるくらいのものは作れるよ。高校を卒業してから、一人暮らしをしているからね。最初は何も作れなくて大変だったけど」

中学生くらいからは、週に何度か夕飯を作っていたから、きらりは、基本的な料理なら作れる。ただ、最近はバイトやひなたの家に来ているため、キッチンに立つことは少なくなっていた。

きらりが形よく洋ナシを切ると、その間にひなたが紅茶を淹《い》れてくれた。

「美味しい」

二つ、三つと、きらりが洋ナシに手を伸ばす。

その様子を見ていたひなたが、どうぞ、と促すようにきらりのほうに皿を押した。

「好きなだけ食べて。まだあるから。一人暮らしだと食べきらないうちに、悪くしてしまって」

菓子にも匹敵するくらい甘い洋ナシは、空腹もあって手が止まらなかった。

「それを食べ終わってからでかまわないから、写真撮らせてもらえる？」

「ん？」

飲み込む前に、きらりは疑問を口にしていた。意味がわからなかった。

「今度、女子高生が登場するシーンを描くんだけど、モデルになって欲しいんだ」

咀嚼中《そしやくちゆう》だった洋ナシを、きらりは飲み込んだ。

「そういうことなら喜んで！」

モデルなんて言われると照れるが、ひなたの力になれるなら嬉しい限りだ。

食べ終えたきらりは、ひなたに二階の部屋に連れて行かれる。部屋は八畳ほどの広さで、セミダブルサイズのベッドしかなかった。

「寝室ですか？」

「うん。寝るためだけの部屋だから、何もないけど。ベッドの上で横になってもらえるかな？」

「制服のままで大丈夫ですか？」

「ベッドカバーの上だから、気にしないで」

「わかりました」

言われるがまま、きらりはベッドの上に寝転がった。

カシャ、とカメラのシャッター音がする。友人同士と写真を撮るのとは違い、一方的に撮られるのは落ち着かない。だが、大好きな作品の手伝いとなれば、恥ずかしさよりも誇らしさのほうが勝っていた。

十分ほど撮影すると、ひなたはスマホをしまった。

「ありがとう」

「あの……私も、先生との写真が欲しいのでお願いしてもいいですか?」

きらりは制服のポケットからスマホを取り出した。

会ったときから頼もうと思っていたが、機会を見いだせずに今日まで来た。

が、ひなたは困った様子で首を横に振った。

「アラサーが女子高生と一緒に写真なんて撮れないよ」

無理無理、と逃げられた。

「そんな、私はどんな先生でも好きです!」

そう言われても……と、ひなたが表情を曇らせる。

きらりにしても、ひなたを困らせたいわけではなかった。

「こっちも、モデルのお礼はしたいけど……じゃあ、写真の代わりに、落書きで勘弁してもらおうかな」

ひなたはそう言うと、今度は仕事部屋にきらりを連れて行き、紙の上にペンを走らせた。

え、え、と、きらりの口から変な声が漏れる。

ひなたの手から紡ぎだされるイラストは、『夢色パッション』の主人公だったからだ。

頭の中が「ヤバい」の言葉で埋め尽くされた。何がヤバいのか、きらりにもわからないが、ただただ「ヤバい」しか浮かばなかった。

「あの……できたらサインも」

恐る恐る願い出ると、ひなたは「お安い御用」と、さらさらとペンを動かした。

写真よりもずっといい。

ひなたは「落書き」と言ったが、世界で一枚だけの、きらりのためだけに描いてくれたイラストだ。

抱きしめたい気分になりながらも、折り目一つ付けたくないきらりは、どうやって持ち帰ろうかと頭を悩ませていた。


玄関のドアを開けると、カレーの匂いがした。

母親からは、ついさっき、これから会社を出ると連絡が来ている。当然、玄関には普段、母親が仕事へ履いていく靴はない。代わりに、父親のスニーカーがあった。

キッチンへ行くと、父親がエプロンをしてコンロの前に立っていた。

「お帰り、きらり」

「ただいま」

父親がお玉を鍋に入れてかき回している。

「今日はカレーだぞ。着替えてこい」

「うん」

父親は上機嫌だった。リビングのテーブルの上には、チョコレート菓子が一つ、置いてあった。動物の形をしたビスケットの中に、チョコレートが入っている。子どものころ、きらりがよく食べていたものだ。昔から父親は、パチンコで勝つと、その菓子を持ち帰ってきてくれた。

どうやら今日は勝ったらしい。

「お菓子は夕飯のあとだぞ」

「わかってるよ」

きらりのことを、まだ幼児だと思っているのだろうか。

それとも、いまだにきらりとの距離の取り方を測りかねているのだろうか。

きらりはとっくに気にしていないが、父親のほうは、何か思うところがあるのかもしれない。

生まれたころ、きらりは父親とは一緒に暮らしていなかった。今の場所で、家族三人で生活するようになったのは、きらりが五歳のとき。小学校へ上がる少し前のことだった。ただ、両親の再婚とは違う。きらりと父親は、親子で間違いない。その証拠に、血液型はもちろん同じで、しかも嬉しくないことに、目がそっくりだった。人にも指摘されるし、鏡を見るたびにきらりも自覚せざるを得ない。それに、生まれたばかりのきらりを抱いた、父親の写真も残っている。

それなのになぜ、五歳になってから一緒に暮らし始めたのかといえば、きらりが生まれたころはまだ、両親ともに結婚できる年齢ではなかったからだ。とはいえ、きらりが二歳のときには婚姻届を提出することはできた。それでも五歳になるまで結婚しなかったのは、母方の祖父母から結婚の許しを得られなかったからだと聞いていた。きらりが小学校に上がる前に戸籍関係をハッキリしたほうがいいのではないか、ということもあっての結婚だったらしい。

ただ、今となっては、許したことを後悔していないだろうか、と思う。ここまで働かないとは考えていなかっただろう。

しばらくすると、母親が仕事を終えて帰ってきた。父親のエプロン姿で状況を察したらしく、母親は表情を明るくした。

「お腹ペコペコ」

父親が家族全員の分のカレーを盛ってくれる。ちょっと水分多めで、市販のルーそのままの味だったが、美味しく食べられた。

「カレー、たくさん作ったからな」

毎日がこんな穏やかだったらいいのに、と思う。

放課後にひなたの家へ行き、夜は家族で食卓を囲む。きらりももう、小さな子どもではないが、家の中がギスギスしているより、今の時間のほうがずっと心地よかった。

「そういえば、父が仕事を紹介しようかって」

軽い調子で、母親がお代わりのカレーを食べながら言った。声のトーンも明るく、湿っても、尖《とが》りもしていなかった。

だがその言葉が、それまでの空気を一変させた。

「あ？」

父親がスプーンを皿に置いた。それが少し荒っぽかったのか、ガシャッと、耳ざわりな音がした。

「無理にってことじゃないの。ただ、知り合いの会社で人手が足りないから、もし時間があるようなら働かないかって……」

父親は何も言わない。こうなると、何を問いかけても答えてくれない。

「ごめん、断っておくわ」

母親がそう言うと、父親は無言でイスから立ち上がり、財布とスマホだけを持って、家から出て行った。

玄関ドアの閉まる音を聞きながら、きらりはきっと、今日は帰ってこないだろう、と思った。

「ごめんね、きらり」

ううん、と首を横に振る。穏やかな時間は、想像以上に早く終わった。母親は恐らく、父親の機嫌の良いときを狙って仕事の話を切り出したに違いない。だけど、それでも話し合いは成功しなかった。

「お母さん大丈夫？」

「平気よ。それより、お父さんのこと嫌わないでね。あれでも昔より丸くなったし、私のお腹にきらりができたってわかったとき、凄く喜んでくれたんだから。すぐにでも結婚しようって、言ってくれて」

「でも、年齢的に無理だったんでしょ？」

「うん、二人とも高校生だったから」

父親は、きらりの誕生日には、今でも必ずケーキを買ってきてくれる。中学生になってからは、クシャクシャのお札をポケットから出して、好きな物を買え、と渡してくれる。

「お父さんのこと、嫌いじゃないよ」

カレーの匂いが漂う部屋のなかで、きらりがそう言うと、母親がホッとしたような顔をしていた。

※

普段は、週末の土日にバイトをしているきらりだが、その日はシフトの関係で珍しく土曜日が休みになったらしい。

週末にもお邪魔して良いですか？

そう訊ねられたひなたは、もちろん、と答えた。幼い子ではないから、手がかかるわけではない。それに、きらりがいるとサボれないということもあって、ひなたの仕事の進みも良かった。

「うちに来るのはかまわないけど、友達と出かけたりしないの？」

ひなたがそう問いかけると、「みんな、カレシがいるから」と、きらりは少しばかり唇を尖らせる。

「私の友達、付き合っている人がもれなく大学生とか社会人とかで、週末くらいしか予定が合わないみたいで」

「別れちゃえって、思ったりする？」

「そんなこと思わないですよ。私も普段はバイトがありますし」

忙しいのはお互い様だと思えば、腹も立たないらしい。

「バイトも良いけど、遊べるうちに遊ばないと」

「全然、今が楽しいですから！」

満面の笑みで答えるきらりからは、嘘や隠し事は感じられなかった。が、その表情は一瞬で、すぐに真顔になった。

「どうかした？」

「あの……、私に、アシスタント的なことをさせてもらえませんか？　最近、ソフトの使い方もわかってきましたし、お世話になってばかりって……」

「今のところ、専門の人に頼んで間に合っているから」

「ですよね」

「気持ちは嬉しいけど……ごめんね」

正直なところ、きらりがソフトの使い方を覚えたといっても、初歩的なことくらいしかできないだろう。原稿はさすがに任せられない。

「いいえ、いいんです」

そう言いながら、きらりは肩を落としていた。

「でも、デジタルで絵を描くのに慣れてきたってことだよね。だったら、今度はイラストだけじゃなくて、漫画を描く？」

「物語《ストーリー》を考えるんですか？」

「うん、そう」

「えー、無理ですよ」

きらりは何度も無理を連呼する。

「描きたいモノは何もない？」

「ない……わけでは、ないですけど……」

語尾はしりすぼみになっていき、ほとんど聞こえないくらいの声だった。だけど、きっぱりと言い切らない様子を見ると、何かありそうだ、とひなたは思う。

「深く考えなくていいよ。強制はしないけど、興味があるなら描いてみれば？　何が描きたいの？」

「運命に翻弄される女の子の話を、描きたいと思ったことはあります」

「それは……かなり壮大なテーマになりそうだね」

ダメではないが、初心者が取り掛かるには、途中で挫折しそうだ。

「他には？」

「んー……」

記憶を探るように、きらりは宙に視線を向ける。しばらくすると、「あ」と小さく声を漏らした。

「何？」

「細かいことはまったく考えていませんけど……窮屈な世界から抜け出して、違う世界を見たらどんなことを考えるかなって」

「窮屈？　それって……決まった時間になると、人間が鳥の姿になって飛び出していくとか？」

「えっと、たぶんそんな感じかな？　鳥になることまでは考えていませんでしたけど——そうですね。自由になって、いろんな場所を見て、経験して、素敵な人と出会って恋をして、幸せになる話がいいなって」

「そっか……」

ひなたは自分の高校時代を思い出していた。

あのころも、こんな会話をしていた。ただ、きらりのほうが少女漫画的ではあるだろう。恋愛要素も最初から組み込まれている。

「いいんじゃない？　それで考えてみたら？」

「本当ですか？　えー、でも、適当に言ってみただけですから」

えー、と言いながらも、きらりはまんざらでもない様子だった。

それからひなたは、きらりに初心者用の漫画の描き方の本を一冊渡した。

「もし良かったら、この本を参考にしてみて。わからないことがあれば、質問してもらって構わないから」

折り目どころか、開いたあとすらない本は、一目で新品とわかる。もちろんカバーに汚れも色褪せもない。

「もしかしてこの本、わざわざ私のために用意してくれたんですか？」

「他の本を買うついでだったから気にしないで」

実際はネットで探した。タブレットを貸したとき、機会があればこの本を渡そうと思い、用意しておいた。

でもそんなことを、伝えるつもりはない。

これは、ひなたが勝手にやっていることだ。今はひな、ひなたが楽しめばいい、とだけ考えていた。

しばらくして、きらりは十六ページ漫画を描き上げた。

疲れと苦労をにじませながらも、きらりは一つの作品を最後まで描き上げたことに、充実した表情をしていた。

作品を見たひなたは、大きくうなずいた。

「上出来だと思うよ」

もちろん、「初めてにしては」だ。このまま投稿しても、選外になるだろう。デッサンはまだつたなく、動きも伝わりにくい。だが、表情豊かなキャラクターと、話をまとめる能力は、初心者にしてはレベルが高いと感じた。

「描き続けたら、そのうちデビューできるんじゃないかな。絵柄も少女漫画に向いていると思うし。人によっては、絵柄を変えるように言われる場合もあるけど、それはしなくてもよさそうだから」

「本当ですか？　次に描いてみたいお話があるんです」

「一作で満足しないのも、向いている証拠だね」

「先生もそうだったんですか？」

食いつくように、きらりが質問を重ねる。その顔が、真剣そのものだった。

「漫画家を目指そうとする人は、ほとんどそんなものだと思うよ。すべてにおいて満足してしまったら、次に何を描けばいいのかわからなくなるから」

「そうなんですね……」

ひなたの話を聞いたきらりは、さっきまでの明るさから一転して、陰りを見せた。

「どうかした？」

「えっと……、連載中の『夢色パッション』。次号で終わりますよね？　次はもう、考えているんですか？　いますよね？」

「ああ……」

連載終了後、ひなたがどうするか、きらりは気になっていたらしい。そういえばここ最近、何か言いたそうにしていた。

週に何度も顔を合わせる間柄になれば、訊ねずにいられないのも無理はない。

ひなたを見つめるきらりは、不安そうに瞳を揺らしている。

「ごめん、それは言ってはダメなんだよね」

「そうですよね」

漫画家によって異なるが、連載終了が見えてくると、次の連載の企画を立ち上げる人もいれば、充電期間をとってから、次の作品を考える人もいる。作品の終わらせ方によっては、別の出版社と仕事をする人もいるし、そのあたりはまちまちだ。

そのことを伝えると、きらりは「わかりました」とうなずいた。

「発表されるまで、おとなしく待ちます」

「それより、きらりさんが次に描きたい話は、どんなの？」

「えっと……まだちょっと悩んでいて。アイディアは、いくつかありますが、上手く形にできなくて」

「そのアイディア、どこかに残してある？」

「いえ、ホントに漠然としているので」

きらりは人差し指で自分の頭をさした。

「漠然としていてもいいから、どこかにメモしておいたほうがいいよ。すぐに形にできなくても、組み合わせて使えることもあるから。スマホにメモするとかして」

「野川先生もそうしているんですか？」

「今は全部、パソコンを使ってる。そのほうが担当さんにデータを送りやすいし」

「今はってことは、以前は？」

「ノートに書いてたよ」

※

きらりの平日の放課後は、ひなたの家に入り浸るのが日課になった。各々作業しているため、言葉を交わすことは少ないが、疑問があればいつでも質問はできるし、なによりお手本とした い漫画は、溢れるほどある。

引っ越す前は、部屋に入りきらない本は、貸倉庫を借りて保管していたという。それくらい、ひなたの蔵書数は多く、またジャンルも多岐にわたっていた。

きらりはこれまで、特別に夢を抱いたことはなかった。幼いころは、テレビのタレントを見て憧れたことはあったが、成長とともにそれは、自分には難しい世界だと認識していた。

でも今、憧れが少しだけ形を持った目標になりつつある。まだ夢のレベルではあるものの、歩み続ければいつか手にすることができるのではないか、と思うようになっていた。

きらりはひなたのアドバイス通り、思いついたアイディア、目に入った気になるものを、片っ端からノートに記入していた。ノートには、すでに三十以上の単語が並んでいる。

だが、それをつなげて物語を作るのは、まだ思うようにできない。

きらりは鉛筆を置いて、リビングのソファの背もたれにもたれかかった。

「あー……先生は凄いなあ」

ひなたのデビュー作が載っている漫画雑誌を広げる。絵柄は今と少し違うが、線に勢いがあるし、何よりストーリーがテンポよく進み、ページを次々とめくりたくなる。すでに数十回読んでいるが、それでも面白いと感じるのだから、天才としか思えなかった。

今のきらりの実力では、到底たどり着けない。身近にいる存在が大きすぎるために、きらりの夢は膨らんだりしぼんだりと、一日の中でも変化が激しかった。

「気分転換に絵を描こうかな」

タブレットを手にしたきらりは『kirari』のフォルダをタップする。初日にひなたに作ってもらったフォルダだ。が、この日は間違えて、その一つ上のフォルダに触れてしまった。

「何だろこれ？」

フォルダ名は『memory』とある。中にはさらに『Aoi Onogawa』という名前のフォルダがあった。

「おのがわあおい？」

口に出すと、きらりは何かがひっかかった。

今度はそのフォルダをタップする。すると、いくつか絵が入っていることがわかった。ファイルの日付を確認すると、今から十年ほど前だ。そのうちの一つを大きく表示する。

「この絵、どこかで……」

しばらくタブレットを凝視していると、きらりはハッとして、さっきまで読んでいた漫画本に手を伸ばした。表紙とタブレットの絵を見比べて、疑問の答えを見つけた。構図が同じだった。

「そっか、デビュー作の絵は、これなんだ」

デビューよりもさらに前に描かれているだけあって、絵柄は違うが、今のほうが少女漫画らしさがある。きっと、そうするように編集者から言われたのだろう。

タブレットに保管されていた絵は、デビューしたときよりも、全体的につたない感じがする。でもそれこそが、きらりは希望に感じた。天才に思えたひなたであっても、最初から描けたわけではないことを知れたからだ。

「やっぱり頑張るしかないかー」

改めて気合を入れる。ふと、きらりはフォルダ名が目に入った。そのとき、Onogawa のOの文字を取ると、nogawa になることに気づいた。

「もしかして、野川先生の本名が『おのがわあおい』なのかな」

ペンネームが『野川』であることを考えると、『小野川』か『尾野川』といったところだろうか。

考えてみれば、ひなたとは漫画の話はしても、プライベートに関しては一切聞いていない。一人暮らしなのはわかるが、玄関に表札もなく、恋人がいるかということも知らなかった。ペットも飼っていないし、庭には花でなく雑草が茂り、ガーデニングにもあまり興味がないことくらいしかわからない。

映画をよく見ているのは、会話をしていて気づいたことだが、それも漫画を描くために参考にしている感じで、特定のタレントに興味があるわけでもなさそうだった。

だけど今、タブレットの中を偶然見てしまったことで、きらりは少し、漫画家ではない素のひなたに近づけた気がした。

「先生にも、こんな時代があったんだ」

きらりは再び、ノートを開いて鉛筆を持った。


夜の七時を過ぎて、きらりが自宅に帰ると、居間で父親が漫画を読んでいた。キッチンでは母親が夕飯を作っている。

「面白い？」

きらりが声をかけると、父親は漫画本から顔をあげた。

「いや、ここに置いてあったから、めくっていただけだ」

ここ、と父親が指をさしたのは、テレビの近くだった。そういえば昨日、ひなたの家から借りてきた漫画本を読んでいたが、風呂に入るようにと母親にせかされ、その場に置きっぱなしにしてしまっていた。

「他にお薦めの漫画でも読んでみる？」

「いらない。昔から漫画を面白いと思ったことがない。どうやってコマを追えばいいかわからないから、漫画は嫌いだ」

コマの追い方がわからない、という話は、きらりもクラスメートに言われたことがあった。

そのとき、同級生の一人がスマホを出して、別の提案をしてきた。それと同じことを父親に言ってみる。

「だったら、縦読みは？　それならスマホをスクロールするだけだから、悩まずに読めるかも」

「あれもちょっと見たことがあるが、読むのが面倒だ」

それは、漫画が嫌いなのではなく、文字を読むのが面倒なだけではないか。

そう思うと、きらりは何も薦められなくなった。考えてみれば、父親が新聞でも雑誌でも、文字を読んでいる姿をほとんど見たことがなかった。

そこまで言われたら、無理強いするつもりはない。きらりにしても、漫画の文字は読んでも、教科書は開きたくもない。

でもそうか、自分がもしこの先デビューしても、父親が読むことはないんだな、と思った。


土曜日のバイトが昼過ぎからだったきらりは、朝の九時過ぎに起きた。が、すでに両親の姿はない。母親は仕事で、父親は――またパチンコだろう。

テーブルの上に用意されていた朝食を食べながら、きらりは同級生からのメッセージに目を通していた。

『うちの親、母子手帳なくしたっていうんだけど』

グループでのやり取りの中で、頭から湯気が出ているスタンプも届いていた。

同じクラスの女子五人のグループだ。他のメンバーは『うちはあったよー』や『ママが覚えてた』といったコメントが並んでいた。

「そうだった……捜さないと」

金曜日に学校で、麻疹《はしか》の予防接種が済んでいるかを確認するようにと、担任教師に言われた。近隣で感染者が出たためだ。だが、昨夜母親に訊ねたところ「忘れた」と頼りない答えが返ってきた。しかも、それを確認する母子健康手帳も、どこにあるかわからないという。

時計を見ると、バイトの時間までまだ三時間以上あった。

今捜してしまおう。そう決心するものの、きらりには手帳がどこにあるか、心当たりも、目にした記憶もなかった。

とりあえず、タンスの一番上の引き出しを開ける。

引き出しには、すでにつぶれて店がない、ポイントカードがたくさん入っていた。

「こんなの捨てればいいのに」

引き出しの中にはポイントカードと同じく、使わないものばかりが入っている。見なかったことにして、引き出しを元に戻した。

今度は押し入れのほうを向く。だが動く前にため息がこぼれた。

上段には布団が、下段の手前のほうは普段使うものも入っているが、奥は未知の世界だ。恐らくこのアパートへ越してきてから、十年くらいそのままにしているのだろう。

捨てればいいのに、と思うが、使わないポイントカードを取っておくような親だ。見なくても、押し入れの中もタンスの引き出しと、同じ状態なのは想像できた。

きらりはもう一度ため息をついて、荷物を一つずつ取り出すことにした。

「まったくもう」「なんでこんなに」「いらないものばかりじゃない」

同じ言葉を繰り返しながら、荷物を出し続けた。

しばらくして、押し入れの一番奥の箱に手が届いた。箱からは、かび臭い匂いがした。蓋を開けると、一番上には古い写真が入っていた。母親の幼いころの写真が、アルバムに綺麗に整理されていた。

しばらくアルバムを見ていると、ふと我に返った。

「写真を見るために出したわけじゃないんだった」

本来の目的を忘れそうになるが、きらりが捜しているのは母子手帳だ。

アルバムを閉じて、再び箱の中から物を取り出すことにした。

半分ほど出したところで、友人が送ってきた写真と同じ表紙の物が見つかった。

中を確認すると、麻疹の予防接種はしっかり受けていた。

ゴチャゴチャになった室内にため息をつきながら、きらりは箱の中の残りものが気になった。この箱をしまったら、もう二度と出さない気がする。だとすると、見るのは今しかない。

きらりは好奇心から、残りを確かめることにした。

中からは手書きの住所録や、生まれたばかりのきらりの足形が押された色紙などが出てきた。

「こんなの取っておいても、どうせ見な……ん？」

箱の下のほうに、父親の名前が書いてある紙袋が入っている。中には、Ａ４サイズの冊子があった。

ホチキスで留めただけの冊子は、二十ページもない。が、きらりは表紙に目が釘付けになった。

モノクロ印刷のため、色は当然黒と白だけだ。だが、そこには力強さがあり、ひきつけられる魅力のある絵だった。

中をパラパラとめくっていくと、きらりは既視感を覚える。心臓の鼓動が少しずつ速くなっていくのを感じていた。

最後のページに、執筆陣の名前が書いてあり、そこに『小野川葵』の文字があった。

「やっぱり！　……でもどうして？」

裏面には、高校の漫画研究会（同好会）と書いてある。つまり、野川ひなたの高校時代に作られた冊子だということだ。ひなたが高校時代から漫画を描いていたことは聞いていたが、なぜこの冊子を、父親が持っていたのかがわからなかった。

「漫画、嫌いって言ってたのに……」

月曜日の放課後、きらりは学校を出ると、すぐにひなたの家へ向かった。

カバンの中には、土曜日に見つけた冊子が入っている。父親には黙って持ってきたが、気づきはしないだろう。

「これを見たら先生、どんな顔をするかな」

足取り軽くきらりがドアを開けると、玄関には靴を履いたひなたがいた。

「先生、どうしたんですか？」

「ちょっと、宅配便を出してくる。これから集荷を依頼したら、今日の受付にならないかもしれないから、直接営業所に持ち込みたいんだ。明日までに相田さんに渡さないといけないことを忘れていて」

ひなたの焦り具合を見ると、確実に明日には編集部に到着しなければならない荷物があるのだろう。

「外出中にきらりさんが来たらどうしようかと思っていたけど、入れ違いにならなくてよかった。悪いけど、ちょっと留守番をお願いしてもいい？」

「もちろんです！」

ひなたが玄関を飛び出すと、きらりは家に一人になった。

これまでも、別々の部屋で過ごすことは少なくなかったが、他人の家に一人でいるのはなんだか落ち着かない。

きらりは、漫画本が置いてある部屋に行き、棚から三冊ほど抜き出した。週末に借りて読んだが、続きが気になっていたのだ。

夢中になって読むと、一時間くらい経っていた。

宅配便の営業所までは、ゆっくり歩いても片道十分程度だ。さすがにもう、帰っているだろうとリビングや仕事部屋を覗くが、ひなたの姿はなかった。履いていったはずの靴も玄関にない。

「まだ帰ってきていないかな?」

買い物にでも行っているのだろうか。

そう思いながら、今度はタブレットを開いた。漫画も読みたいが、絵の練習もしたい。ネタも考えなければならない。

漫画を描くためにやりたいことも、やらなければならないこともありすぎて、時間がいくらあっても足りなかった。

しばらくの間、きらりはタブレットで絵を描いていた。いくつかのポーズを練習し、色着けしようとしたときにふと時間を確認すると、ひなたが家を出てからすでに二時間以上が経過していることに気づいた。

時刻は午後六時を過ぎている。

きらりが来ていることを知っていて、喫茶店へ行くとは思えない。少なくともこれまで、そういったことはなかった。

「何かあったのかな……」

きらりは『買い物ですか?』とメッセージを送った。トラブルでなければいいけれど、と思いながら待つが、しばらく経っても既読にはならなかった。

もっとも、心配するほど遅い時間ではない。

きらりは再びタブレットを手にした。

「あ……」

電池が残り、三パーセントになっていた。

「充電しないと」

リビングを見まわすが、電源の差込口付近には、普段あるはずの充電コードが見当たらなかった。

他の差込口を見てもコードはない。もう少し、タブレットで作業を続けたいきらりは、ひなたの仕事部屋へ向かう。

中に人がいないことを知りつつ、ドアをノックする。

「失礼しまーす」

学校の職員室に入るときよりも緊張しながら、きらりはドアを開けて室内に入った。

最初にタブレットを渡されたとき、確か机の引き出しの中からコードを出していた。

ごめんなさい、と謝ってから、きらりは引き出しを開けた。

引き出しの中には書類が入るくらいのサイズの封筒が入っている。その脇から、黒いコードが見えた。

きらりはコードを取り出そうと、封筒を持ち上げると、その下からクリップで留められている紙の束が目に入った。

見てはいけない。そう思ったが、表紙に大きく『向井きらり　調査報告書』という文字が目に入った。

きらりは頭の中が真っ白になった。自分の名前が書いてあるのに、見ないふりはできなかった。

なぜ、こんな報告書がこの引き出しの中にあるのか。

一番あり得ることは、あえて考えないようにしていた。見てもいいことはないとわかっている。わかっていても、きらりはその書類を手放せなかった。

調査書の表紙をめくると、一ページ目にきらりの生年月日、本籍地、現住所、学校名などが書かれていた。そのどれもが正しく、間違いはない。ＳＮＳから転載したであろう、きらりがパフェを前に撮った写真も貼り付けられていた。

「秘密でもなんでもないけど」

きらりの周りにいる友人なら、本籍地はともかく、ほとんどの人が知っていることだ。SNSには、自分の誕生日も載せている。写真もよくアップしているため、調べる気になれば、きらりが立ち寄りそうな場所はすぐに見当が付けられるはずだ。

だが――。

次のページをめくったきらりは、息をのんだ。

両親に関しての記述もあったからだ。何より、一見して隠し撮りとわかる二人の写真まで添付されている。さらに父親のほうは、若いころの写真まであった。

「どういうこと?」

きらりはさらに次のページをめくる。そこには、今から十年ほど前の新聞記事が貼られていた。

女子高校生が新宿歌舞伎町のビルから転落し、意識不明の重体という見出しの記事だった。

意味がわからない。

なぜ、きらりのことを調べているのか。なぜ、両親のことまで調べているのか。なぜ、父親の昔の写真まであるのか。そして――この新聞記事の出来事とは、いったいどういう関係があるのか。

きらりの心臓が、全速力で走ったときよりも速く鼓動している。それでも、混乱しながらも、スマホで調査書の写真を撮って保存した。

今はどう頑張っても、冷静に読めない。だけど、これがひなたの机の引き出しの中にあったことを考えると、放っておくことはできなかった。

写真を撮り終えたきらりは、書類を引き出しに戻して、最初に見たときのように封筒を上に置いた。

ここにはいられない。

きらりは玄関を飛び出した。なにがどういうことかさっぱりわからない。

ただ、一つだけはっきりしたことがある。

きらりの父親とひなたは接点がある。それは、古い漫研の冊子を見つけたときから思っていたことだが、調査書を見てハッキリした。

でもそれときらりが、どう関係しているかは、わからなかった。

全速力で走りながら、きらりは混乱して沸騰しそうな頭とは裏腹に、心が冷えていく感じがしていた。


きらりが家に着いたころ、ひなたからメッセージが届いた。

『帰宅が遅くなってごめんね。家に帰ってる？』

この文面からすると、どうやらひなたも、特に問題はなかったらしい。

机の引き出しに入っていた調査書が頭から離れなかったきらりは『大丈夫です』とだけ送って、メッセージアプリを閉じた。

だが、いつもだったら『大丈夫です。突然帰ってごめんなさい。先生はどうされたんですか？』くらい送るだろうきらりが、簡潔すぎる返信をしたせいか、そのあとも次々と『何かあった？』『体調でも崩した？』と、心配が伝わるメッセージが送られてきた。

「大丈夫だって」

ひなたの漫画を好きな気持ちに変わりはない。

だけど、昨日まで……いや、あの調査書を見る前と同じ気持ちではいられない。心配しているように感じるメッセージも、ひなたの本心なのかわからなかった。

きらりはメッセージのことは考えないようにして、写真のフォルダを開いた。

平常心ではなかったものの、写真はぶれてはおらず、書類の文字を読むことは問題なくできた。

きらりについての調査は、それほど細部にまでわたったものではない。気になるとすれば、バイト中の写真が添付されていたことだ。きっと、知らないうちに撮られていたのだろう。

「いったいどうして……」

どう考えても、ひなたの意図がわからない。

きらりはもう一度、メッセージアプリを開いた。

まだ心のどこかで、ひなたのことを信じたい、あれは何か理由があってのことだと思いたかった。

数分前に受信していたメッセージに、『大丈夫です。ただ、宿題を思い出したので帰りました。連絡が遅くなってごめんなさい』と送信した。

きらりは続けてメッセージを送る。

『先生は、ずっとこっちに住んでいるんですか？』

『そうだよ』

返信はすぐに来た。たった四文字の返事に、きらりの心が乱れる。

『どこの高校でしたか？』

既読はすぐについたが、返事は三分ほど待った。

『川南《かわなみ》高校だけど、どうかした？』

川南高校は確かに市内にある。が、そんなことはインターネットで検索すればすぐにわかる。返事に間があったのも、検索していたとも考えられる。

何より、それが嘘であることは、押し入れから見つけた、漫研の冊子を見れば明らかだった。あそこに書かれていた学校は都内にある。

「嘘つき」

心とともに、きらりの頭も冷えていく。

このメッセージの相手が、漫画家「野川ひなた」であることは、疑いようがない。それは、仕事の現場を見れば確かだ。何より、ひなたの「手」が、それを示している。

ただ、今ひなたから聞いたことは嘘なのも確かだ。そしてそれは、あの調査書と何か関係しているような気がした。

きらりは自分のSNSのアカウントを開いて、ひなたの本名、出身高校名、そしてペンネームを打ち込み、投稿した。一緒に載せる写真は、今連載中の『夢色パッション』の単行本の表紙だ。

野川ひなたは、出版社が作成した『夢色パッション』の特設ページはあるものの、個人のSNSも公式サイトもない。

しかもプライベートはすべて非公表。これまで顔写真が出たことはなく、誰もその素顔を知らない。そんな野川ひなたの本名が表に出たら、ファンは食いつくはずだ。

きっと、過去の同級生などが見つけて、いろいろな情報が集まる可能性だってある。

「もともと、あっちが騙していたんだから」

だから罪悪感なんて抱かない。

次々と、いいね、が付いていく様子を見ながら、きらりはそう呟《つぶや》いていた。

第三章　野川ひなた【十六歳】

ひなたが絵を描いて初めて褒められたのは、確か四歳のころだ。猫の絵を描いたひなたのことを、伯母が過剰かと思うくらい褒めてくれた。ただ同時に、母親には怒られた。家の壁紙にクレヨンで描いたからだ。

成長してから、伯母のそれはお世辞であり、猫だろうが犬だろうが、へのへのもへじを描いて似顔絵だと言っても、きっと褒めてくれただろう、とわかった。とはいえ、子どものひなたにそんなことまで察することはできず、自分は絵が上手いんだ、と根拠のない自信を持った。そして、褒められたからまた描き、描くから上達する、というループにはまると、いつしかそれは、根拠のない自信から、明確な結果となって表れていった。

小学生のころには、図工の時間では必ずと言っていいほど教師に褒められたし、展覧会へ出品すれば、かなりの確率で賞をもらった。漠然とではあるが、いつか絵を描くことを仕事にできないかと思うようになっていた。

それでも小学校から中学校へ上がり、夢から現実が近づく年齢になっていくと、それは選ばれた一部の人が就く職業であり、厳しいことがわかってくる。そして勉強をせずに絵ばかり描いていると、両親はあからさまに嫌な顔をした。ひなたの成績が、両親が期待するほどではなかったというのもあったかもしれない。

それでも、幸いというべきか、共働きの両親の監視は緩く、ひなたは絵を描き続けた。

漫画を初めて描いたのは中学三年生のころだった。もちろん、つたない絵とストーリーはあとから見ると恥ずかしさしかないが、「中学生が描いた」ということで、将来性を買われたのか、一定の評価を得た。

だが、ひなたが中学時代に漫画を描いたのは、その一作限りだった。

原因は、その投稿作をネットに上げたところ、それを見た人が「私が描いた小説とよく似ている」と言ってきたからだった。

インターネット上に投稿されていた小説で、若い女性向けの作品に酷似していると言うのだ。

小説のあらすじはこうだ。

ある特殊能力を持った少女が、その力を使い、トラブルを回避するという話だ。その力とは、時間を一分だけ戻し、少しの間止めることができる。たとえば、横断歩道を渡っている高齢女性が車に轢《ひ》かれた場面を目撃したら、一分時間を戻して高齢女性の場所を少しずらす、といったことだ。ほんの数秒違うだけで、事故はなかったことにできる。他にも、駅の階段で足を踏み外した子どもを助けたり、テーブルから落ちそうになったグラスをつかんだり、なんてこともしていた。だけどある日、テスト中にどうしてもわからない問題があって、少女は頭を抱える。このままではテスト終了のチャイムが鳴ってしまう。成績次第で高校の推薦入試が受けられるかというところにいたため、少女は自分の能力を使い、カンニングをしてしまった。五問ほど空欄を埋めることはできたが、その日を境に少女は能力を失ってしまう。そのことに戸惑いながら時間は過ぎ、一週間後、事件が起きた。自分の不注意から仏壇のローソクを倒してしまったのだ。

代償は大きく、家のかなりの部分が焼けたうえに、煙を吸った母親が重体で病院へ運ばれた。後悔してもしきれない。そう思った少女は、時間を巻き戻したいと願う。だが、時間を戻す能力はもう使えない。

最終的に少女は自分の過ちを詫《わ》びることで、一瞬だけ能力がよみがえり、母親を助けられたが、テストの解答欄は空白に戻っていた——という小説だった。

ひなたの漫画は、少女自身の能力ではなく、それと同じ効力を持つ時計を拾ったという設定だった。物語序盤の少女が人助けをするエピソードは違うし、最後に引き換えにするのは、テストではなく、ファンクラブに入っていてもなかなか入手できない、有名アイドルのライブチケットというオチにした。

そもそも、ネット上に数ある中の一つの小説で、特に話題になっていたわけでもない。盗作を疑われるとは、予想すらしていなかった。

だが、相手は類似点をあげて、執拗《しつよう》に謝罪を求めてきた。

相手は、ひなたがネットに盗作を認めた謝罪文を掲載しないと、訴えるとまで言ってきた。

ひなたは怖くなった。何度かやり取りしたが、小説を書いた人は二十代の人人ということもあって、中学生にはそれ以上対応するのは難しかった。

だけど、両親に内緒で漫画を描いていたため、相談できない。

ひなたはアカウントのすべてを消して、逃げることにした。

幸いというか、もともと相手も脅しだったのか、アカウントを消すと、それ以降、連絡が来ることはなく、ひなたは静かに過ごすことができた。そして高校受験のためにしばらく絵を描くことから離れた。

両親が希望した高校に入学できたこともあり、お祝いとしてタブレットを買ってもらえた。そこからはまた、大手を振って絵を描き始めた。

高校に入ると、漫画研究部があった。初対面の小野川葵との距離感には戸惑ったが、慣れてくると、かけがえのない時間と空間になった。いつしかひなたは漫研の部室にいるのが、学校生活の中で一番楽しい時間になっていた。

「一つの設定から、いくつか話を作ることって可能でしょうか」

そう、ひなたがつぶやいたのは、中学時代に描いた作品が影響していたからだ。

あれは時間を止めて、一分だけ戻せるという設定が共通している。だけど一方は「人が持つ能力」で、もう一方は「モノが持つ能力」だ。盗作とは、と高校に入ってからも気になっていた。

葵は一瞬悩んでから、「あるんじゃないかな？」と言った。

「りんごだって、アップルパイになったり、ゼリーになったり、そのまま食べたりするでしょ」

聞いた瞬間、ひなたはふき出していた。

「そんなたとえって、ありますか？」

「でもそうでしょ。素材が同じでも調理方法によって料理名が変わることなんて、よくあるじゃない」

葵は独特の感性で、話していて楽しく、頼りがいのある存在だった。

高校に入学したときのひなたは葵よりも小柄だったこともあって、なおさら守られている感じがしていた。

放課後の部室で、ひなたは作品作りに関することは、一人でするよりも、二人で話すことで、世界が広がることを知った。

近づけば知りたくなり、そして知れば知るほど、もっと近づきたくなった。

葵とは学年が違ったため、放課後以外は別行動だ。それを寂しいと感じ始めたころ、親しくなった同じクラスの同級生と部活の話になった。

「ひなたは漫研、楽しい？」

「楽しいよ」

「いいなあ、俺も漫画好きだし、入ろうかなあ」

「陸上部は？」

まだ七月になったばかりだというのに、同級生の腕も足も真っ黒に日焼けしていた。

「きついんだよ。先輩は怖いし、暑いし、リレーのメンバーには入れなかったし」

「一年生なら、仕方ないと思うけど」

「わかっているけど、しんどくてなー。漫研は涼しい室内で、漫画を読んでいていいんだろ？」

確かに、運動部のように身体的な苦しさはない。エアコンのある部屋で漫画本を読んでいられる。

でも、楽なわけではない。少なくとも葵は毎日、ネタを一つ考えようとしているし、絵の練習もしている。

そのことを同級生に伝えると、「ひなたは？」と聞かれた。

「えっと……」

ひなたも絵を描いてはいたが、漫画は中学時代の一件以降、描くのが怖くなっていた。入部したてのころ、葵に「描いてみればいいのに」と勧められたこともあったが、あるときからまったく言われなくなった。その代わりイラストを描いていると、褒めてくれるようになった。

もしかして、中学時代、漫画を描いていたことが知られてしまったのだろうか？

そんな不安から、ネットを検索してみたが、過去にトラブルになった相手は何も言っておらず、特に気になる投稿は見つけられなかった。

葵はひなたが漫画を描いていたことは知らない。そう胸をなでおろした。

「これから描こうと思っているよ。そんなわけで、真面目に活動しているから、ただ漫画を読むだけなら、入れてもらえないよ」

「そうなのか？」

「少なくとも、毎日一枚はイラストを描くか、ネタを作るってことになっているから」

「えー、毎日って結構大変だな。俺、絵なんて描けないし」

もちろん、漫研に決まりごとなんてない。

ひなただって漫画を読むだけの日はあるし、顧問の本沢に至っては、活動の見守りと称して、部室で漫画を読んでいる。だけど、そんなことは伝えない。

あの空間に、不要なものを入れたくはなかった。あそこは、ひなたと葵、時々本沢だけの場所にしておきたかったからだ。

「それだと、ちょっと無理かな。ごめんね」

夏休みになると、秋の文化祭に向けて、漫研で部誌を作ることにした。葵は漫研を同好会から部活に昇格させるために、部員を増やそうと力を入れていた。

だけどひなたは、部員なんて増やしたくなかった。

出来上がった部誌を文化祭当日に配布していたが、あまり手にしてもらえなかったことに、ひなたは内心、ホッとしていた。

それでも来校する保護者も含めて、興味を示す人もいた。その中で一人、背の高い男が部誌を見ていた。

年齢は二十歳前後で、保護者にしては若すぎる。生徒の兄弟かもしれない。

ただ、校舎の中にいると、ひどく違和感を覚えるいでたちで、薄汚れたデニムジャケットに、耳にも首にも指にも重そうなアクセサリーをつけていた。何より襟《えり》ぐりから見え隠れするタトゥが、人を威嚇《いかく》するような雰囲気を醸《かも》し出していた。

ひなたは怖くて、まっすぐ顔を見られなかった。

「あの……良かったらどうぞ」

無言で部誌を手にした男は、その場で中を確認していた。

見た目で判断しては悪いが、ひなたの目には、とても漫画を描きそうには思えなかった。とはいえ、描きはしなくても読む人は大勢いる。漫画に興味を持っているのだろうと、ひなたは男をうかがい見た。

「ずいぶん、面白いことをしているんだな」

「ありがとうございます」

少しズレた返答ではあったが、他にどう言えばいいのか、ひなたには思いつかなかった。

漫研の部員——といっても、葵とひなた、そして本沢しか載せていない。にもかかわらず、男はしばらく部員のプロフィール欄を読んでいた。

「あの……何か？」

「いや、もらってく」

薄笑いを浮かべながら、男は冊子を手にしてその場から離れた。

葵が昼食を抱えて戻ってくると、男のことを話したが、さして気にした様子ではなかった。

それからも漫研に入部希望者は現れなかった。ひなたの抱いた違和感は結局形にはならず、二人だけの時間は崩されなかった。


文化祭のあと、葵は出版社主催の新人賞で佳作を受賞し、担当編集者が付くことになった。喜ぶ葵を見ていると、ひなたも嬉しい。だけど一方で寂しさを感じた。

それまで葵は、漫画で悩むと、真っ先にひなたに相談してくれた。けれどそれからは、編集者とのやり取りが増えていく。ひなたに相談してくれたときも、最終的には担当編集者の意見を取り入れることのほうが多くなっていった。

の小さざに嫌気がさした。


葵の努力が認められ、明るい未来に進もうとしているのに、素直に喜べないひなたは、自分の小ささに嫌気がさした。

「最近、部活に来ない日が多いね」

葵にそう言われたことがあった。葵がひなたを咎めていないことはわかる。それどころか、少し心配を含んでいた。

葵と一緒にいるのが辛いなどと口にできるわけもなく、ひなたは「ちょっと」と言うことしかなかった。

理由もなく部活を休むことに心苦しさを感じていたとき、ひなたは葵のためにできることは何だろう、と考えるようになった。そしてたどり着いた答えは、デジタルで漫画を描くことを教える、だった。

それにはまず、葵が使うデジタル機器――タブレットが必要になる。だからひなたはバイトを始めた。最初のうちは、週末と月曜日の放課後にバイトをしていたが、徐々にシフトを増やしてもらった。

もちろんバイト代を貯めてタブレットを買っても、葵に受け取ってもらえなければ意味がない。高額なため、遠慮される可能性もある。だがちょうどそのころ、従兄《いとこ》が新しく買い換えるとのことで、かなり状態の良いものを格安で譲ってもらえることになった。

葵と一緒にいられない寂しさはあったが、漫画の話ができずにモヤモヤしているくらいなら、適度に距離を取るほうがいいと判断した。

バイトを始めてから、ひなたは以前よりも穏やかな気持ちで過ごすことができるようになった。もちろん、週に何度かは部室へ行き、これまでと同じように活動していた。

そんな平穏な時間を、ある日ひなたのもとに届いた一通のメッセージがすべて変えた。

『逆立ちするカメ様　突然の連絡失礼いたします』

そんな書き出しで始まった文章を送ってきた相手は、ＰＲＳＫというアカウント名で活動しているイラストレーターだった。もっとも、商業的な活動はしていないため、どのＳＮＳでもフォロワー数はそれほど多くはない。

挨拶的な文章が終わると、ひなたをドキリとさせる単語が目に飛び込んできた。

『単刀直入にお訊ねします。逆立ちするカメ様がお描きになった以下の四点のイラストは盗作だと思いますが、ご意見はありますでしょうか？』

スマホを持つ、ひなたの手が震えた。

怒りではない、ついにバレてしまったという恐怖からだった。

構図に惹かれて、トレースした絵に着色したところ、想像以上に上手く描けた。誰かに見て欲しいという気持ちが膨れ上がり、自分の絵としてネット上にアップロードしてしまった。

忘れていたわけではない。でもひなたは、そのことから目をそらした。向き合ったら、過去の過ちまで、露呈してしまうかもしれないと思ったからだ。そして何より、葵に知られたくなかった。

中学時代に小さな賞をもらった漫画は、指摘された通り、人のストーリーを模倣《もほう》したものだった。もちろん、そのままだとバレると思ったため、いくつかの設定は変更した。あのときも、盗作がバレてしまったが、逃げることはできた。だが今回は——。

ひなたは返事をしなかった。ひとまず投稿したイラストは外部から見られないようにして、様子をうかがうことにした。これで相手の気が静まれば問題ない。

それに、ネット上ではよくあることだ。構図が同じとはいえ、すべてが同じなわけではない。ひなたが相手をしなければ、諦める可能性も——。

ひなたは静観することしかできなかった。


モヤモヤを抱えたまま、ひなたは葵を原画展に誘った。葵のほうも、思うように進まない漫画に焦りを感じていたようなので、気分転換になればと思った。

頭の片隅にＰＲＳＫとのことはあったが、それでも葵との外出だ。楽しもうと前日からひなたはソワソワしていた。

その数日前にバイト代も貯まり、タブレットを手にしていたということもあった。ついに葵にプレゼントができる。

だが外出の支度を終えて家を出ようとしたとき、またＰＲＳＫからメッセージが届いた。

ひなたが連絡を返さなかったことで、ＰＲＳＫを本当に怒らせてしまった。

『最初にご連絡する前に、証拠はすべて保存してあります。また、アカウントの開示請求もしました』

すでにアカウントにカギをかけて、外部からひなたの投稿は見られない。だが、それだけでは相手は納得してくれず、むしろひなたが逃げたと、とられたらしい。

実際、違うとは言えない。そしてそこまで来て初めてひなたは、してはならないことだったと気づいた。

開示請求されてしまった今、すぐに『逆立ちするカメ』のアカウントをすべて消したとしても、もう逃げられない。遅かれ早かれ、ひなたのもとに連絡が来る。

頭の中が真っ白になった。

それでも、どうにか謝罪したいということと、都内であれば指定された場所へ行くと申し出た。

ずっと自分の身勝手さから逃げてきたが、許されないことを知ったからだ。

返事は十分もしないうちに来た。だがそれを待っている間、ひどく長く感じた。

『遅すぎませんか？』

短い文章だが、相手の怒りは十分に伝わってきた。こうなったらもう、ひなたは詫びるしかない。

未熟だった自分を恥じ、イラストはすべて削除した。今後はもう、描かないから許して欲しいと頼んだ。

次の返事はすぐには来なかった。

葵との待ち合わせがあったため、慌てて家を飛び出した。遅れたひなたは、寝坊したことにした。とても、葵に本当のことなど言えなかった。

渡そうと思っていたタブレットは、出がけに慌てていたこともあって、持って行くのを忘れた。

急ぐものではないから、今度学校で渡そう、そう思った。

原画展の最中に、またPRSKからメッセージが届いた。

『わかりました。一度会いましょう』

ひなたはそのメッセージに、原画展のトイレから返信した。

PRSKも都内にいることから、今日このあとであれば時間を取ると、メッセージには書かれていた。他の日ならもう会わない、と。

葵と一緒にいたかったが、ひなたには断ることはできなかった。

ＰＲＳＫとの待ち合わせは新宿にある、葵と来るはずだったコーヒーショップになった。

土曜日とあって、コーヒーショップはほとんどの席が埋まっている。ひなたと同じ、高校生の姿も多くあった。笑って話し合う人、パソコンを片手に何やら作業をしている人、テキストを広げて勉強している人。

その中で、ひなただけが緊張に震えていた。

ひなたは、謝罪の言葉を必死に考えていた。それで許してもらえなかったときは、どうすれば良いのか。お金で解決したくても、タブレットを買って、もう現金はあまり残っていない。次のバイト代が入るまで待ってくれるだろうか。そもそもバイト代で払える金額なのだろうか。そんなことばかり考えていた。

しばらくすると、ひなたのテーブルの側に、一人の女性が現れた。待ち合わせの席に、原画展の入場券をテーブルの上に置いておくと伝えておいたから、すぐにわかったらしい。

薄化粧にグレーのシンプルなミドル丈のワンピースを着ている。年齢は三十代くらいで、落ち着いた大人の女性のように感じた。

「逆立ちするカメ、さん？」

ひなたがうなずくと、女性はコーヒーをテーブルの上に置いて、イスに腰を下ろした。

「ごめんなさい！」

女性が座った瞬間に、ひなたはテーブルに頭が付くくらいに下げた。

「顔を上げてください。話しにくいです」

「でも……」

「私は話をするために、ここへ来ました」

相手の要求は、可能な限り聞くつもりのひなたは、もう一度「頭を上げてください」と言われれば、それに従うしかなかった。

賑やかとはいえ、すぐ隣のテーブルにいた人たちからすれば、ひなたの行動は目立っていたに違いない。チラチラと様子をうかがう視線を感じた。

「本当に、すみませんでした」

「謝罪の前に、認めるんですね？　私の絵を盗んだことを」

「はい」

「どうして今ごろ謝るの？　最初は、黙って逃げようとしたのに」

「逃げ……いえ、その通りです」

「後になって謝るのは、私が開示請求をしたと書いたから？　もし私が何もしなければ、そのままにしていた、ということ？」

「……はい」

認めるしかなかった。ひなたにとっては、中学生時代に逃げて終わらせた経験が、悪いほうへの成功体験になっていた。逃げればどうにかなる、と学習してしまった。でも、逃げていい問題ではなかった。

「人の絵をトレースして、それを自分の絵として発表するって恥ずかしくないの？」

そこまで考えていなかった、というのが正直なところだ。

「そうやって、他人から賞賛されて、何が嬉しいの？」

すべてを写していたわけではなかったから、そのときは自分の絵という感覚だった。

「黙っていれば、許されると思っているワケ？」

「いえ、その通りなので、何も言えないだけです。本当に申し訳ありませんでした」

ひなたはまた、頭を下げた。視界に入るのはテーブルだけ。その分、周囲のガヤガヤとした音が耳に入ってくる。

本当なら、葵と二人で笑っていた時間に、自分のせいで……そんな風に思うと、ひなたは一層、自分がしたことが悪かったと感じた。

「悪かったと思ったきっかけは、確かに開示請求という言葉を見てからです」

「開き直るつもり？」

「そうじゃないです。ただ、そこでようやく、自分がしたことの意味を考えたんです。まだ、考え始めたという感じですけど」

「それで？」

「今日、漫画家さんの原画展を見てきました」

入場券を置いていたこともあって、ＰＲＳＫにもすぐに伝わったらしい。ひなたが顔を上げると、ＰＲＳＫの表情が少しだけ和らいだような気がした。

「綺麗な絵を描く人よね」

「はい。何ていうか、上手く言葉にできませんけど、自分の絵は、あんなふうに人を感動させることは、無理だなって思ったんです。少なくとも、今のままの自分ではダメだと思いました」

原画展の会場内では、ひなたは葵と別行動をしていたが、何度か一緒になる機会があった。そのとき、真剣なまなざしで原画を見つめている姿を目にした。線の一本一本をたどるように、何かを自分の中に取り込もうとするように、葵は食い入るように目の前の絵と向き合っていた。

それを見て、葵にこんな目で、自分の絵を見てもらうことはできないと感じた。恥ずかしいと思った。それまでは、情報開示請求という言葉に、怯《おび》えていたのかもしれない。だけどそれ以上に葵に胸を張れないことに、ひなたは怯えた。

「本当にすみませんでした。あの……アカウントの削除はもちろんしますし、その……お金も払います。ただ……」

「ただ、何？」

「分割でも大丈夫ですか？　なるべくバイトを入れて、できるだけ早くお支払いするので」

「じゃあ私が五十万と言ったら、払うの？」

「時間はかかりますけど……」

返事はすぐになかった。沈黙が長く感じた。

その間、ひなたは葵にどう伝えようか悩んでいた。できれば、葵にだけはバレたくない、と思っていた。だが、隠したままで前に進めるだろうか。

どのみち、バイト漬けの生活になるなら、部活に行けない理由を言わなければならないだろう。

「わかったわ。いらない」

「え？」

「見たところ、高校生でしょ？　子どもからお金なんて取れない。それに、本当に反省しているみたいだし。とりあえず、パクった絵は全部削除して。そうすれば、こっちも開示請求を取り下げるから」

「それはもちろんです。で――」

ＰＲＳＫはひなたの言葉を遮る。

「でもね、もしまた同じことをして、それを見つけたら、今度は親にも伝える。そのときは、バイト代が入るのを待つなんてことはせずに裁判でもなんでもするから」

だけど今は見逃してあげる。そう、目の前にいる女性は、ひなたに温情をかけてくれた。

「わかった？　もう二度としてはダメよ？」

「はい、本当に申し訳ありませんでした」

ひなたがまた頭を下げる。だが、十秒もしないうちに、向かいの席から人が立つ気配がした。次に顔を上げたときには、いつものコーヒーショップの景色が、ひなたの目の前に広がっていた。

ひなたが自宅へ着くと、家の中は静かだった。恐らく両親は買い物にでも行ったのだろう。だいたい土曜日のこの時間帯は、二人で買い物に行っているのが常だ。

自分の部屋へ行き、ひなたはノートを開いた。

今日から、葵のようにネタを書いていこう。毎日は無理でも、思いついたことを少しずつ残していきたい。

しばらく鉛筆を走らせたひなたは、凝り固まった肩を回しながら、スマホを見た。

マナーモードにしていたため気づかなかったが、原画展で別れてからすぐに、葵からメッセージが届いていた。

——月曜日、部室に来られる？　そのとき画集を見せてもらえたら嬉しいんだけど。今日はもっと、いろいろ話したかったよ。

ひなたも、もっと話したかった。

やはり今日のことは、ちゃんと伝えよう。そのうえで、葵がどう思うかはわからないが、そうしなければ、本当の意味で前に進めないと思った。

ひなたは『わかりました！』と送った。ただ、その直後に葵から、

——助けて
というメッセージを受信した。

ひなたは意味がわからなかった。画集のことと話がつながらない。

「どういう意味？」

とにかく、葵に訊ねるしかない。もしかしたら、突然浮かんだネタの相談に乗ってほしいのだろうか。

これまでも、何か新しいネタが浮かぶと、突然意味不明の連絡をしてきたことはあった。

今回もきっとそうだと思った。

だけど、普段と違ったのは、ひなたが「いいですよ。通話にしますか？」と送っても、返事がなかったことだ。

ひなたはもう一度メッセージを送る。

「何かありましたか？」

だが、返事がないまま時間だけが過ぎた。

葵からの返事が来ないまま、夜が明けた。

熟睡できずにリビングへ行くと、母親に「おはよう」の前に「あら珍しい」と言われた。

午前七時。父親はまだ寝ているだろうが、朝活と言ってピラティスをしている母親は、いつも早起きだ。

母親はすでに朝食を終えているらしく、ソファに座りながらスマホで動画を見ていた。

「日曜日なのに、ひなたにしては早いね」

「ちょっとね」

食パンをトースターにセットし、テレビをつける。

平日には見ない顔のキャスターが、海外での戦争のニュースを伝え終わると、「次のニュースです」と、それまでより少し声のトーンを変えて、原稿を読み始めた。

「昨日の午後五時ごろ、歌舞伎町の雑居ビルから都内に住む女子高校生が転落したとの通報がありました。女子高校生は意識不明の重体で病院へ搬送されましたが、その後死亡が確認されました。現在、事故と事件の両方で捜査をしています。警察は現場にいた男性に、詳しい事情を聞いています」

「ひなたも、歌舞伎町なんて行かないでよ。高校生が行くような場所じゃないんだから」

「わかってる」

「ホント、何考えているんだろうねぇ。絶対ダメだからね」

歌舞伎町がダメで、池袋や渋谷が安全とも思えないが、自ら危険に近づくな、と母親が言っているのはわかる。

ただ、わかっていても、このときは母親ののんびりとした言い方が、なぜかひなたのカンに障った。

「わかってるって！　うるさいな」

「急にどうしたの？」

ひなたが豹変《ひょうへん》したことに、母親は目を白黒させていた。

「ひなた、まさか……」

「行ってないって！」

それよりもニュースが気になって仕方がなかった。

名前どころか、どこの学校かということすら伝えていない。

都内に高校生なんてごまんといる。そうだ。その何十万分の一の確率に、葵が該当しているわけがない。

そう思いたいのに、昨日から何度となく送り続けているメッセージに、既読の文字が付かないことに、ひなたは焦りを感じていた。

大丈夫、大丈夫。

ひなたは必死に自分にそう言い聞かせていた。

連絡がないまま月曜日に登校したひなたは、朝一番に、職員室前の廊下で本沢を捕まえた。

「先生！」

ひなたの表情を見て、察するものがあったのだろう。

本沢は廊下の壁際にひなたを促した。

いつも笑顔の本沢だが、この日は厳しい表情をしている。嫌な予感がした。

「これから、いろいろな話が飛び交うと思うけど、噂に惑わされないでね」

本沢は具体的なことは何一つ言っていないのに、ひなたを追い詰めるように真実が近づいてくる。

「じゃあ……」

「ニュースの通りよ。現場は混乱していたようだけど、病院に運ばれて、小野川さんの死亡が確認されたって……」

嘘、と言いたかったが、ひなたの口は「やっぱり」とつぶやいていた。

第四章　野川ひなた【二十六歳】

昼休みに学校を抜け出したきらりは、駅の中にある書店に向かった。目的は今日発売する『月刊ショコラ』だ。

レジへ行き、購入後すぐにその場で雑誌を確認する。表紙に『夢色パッション』の主人公が大きく載っている。しかも巻頭カラーで六十四ページ。これも大きく『最終回』と書かれていた。

きらりは急いでページをめくる。とりあえず文字は読まず、絵だけを追った。

ずっと楽しみにしていた作品だ。だから、こんな風に最終回を見たくはなかった。でも、そうするしかなかった。

最後まで確認すると、もう一度先頭に戻って、また同じようにページをめくった。

「……やっぱりない」

きらりは、以前ひなたが「今度、女子高生が登場するシーンを描くんだけど、モデルになって欲しいんだ」と言って撮った写真が使われているかを確認していた。

だが、最終回でもベッドに寝転がる女子高生のシーンは、一コマもなかった。

「これも嘘だったんだ」

何のためにあの写真を撮ったのか。

きらりは雑誌をカバンにしまうと、スマホを取り出した。

書店へ来る前、きらりが自分のSNSアカウントを確認したとき、特に気になるコメントはなかった。きらりが投稿したひなたの本名や学校名は、それなりに拡散されているが、バズっているというほどではなかった。

他に有益な情報はないかと、きらりは『野川ひなた』を検索する。

すると、『ショック』『嘘でしょ』というコメントが目に入った。疑問に思い、さらに検索すると『野川ひなた』のアカウントを見つけた。

アイコンは『夢色パッション』の最終回の表紙。フォローはゼロだが、フォロワーはすでに六千人を超えていた。なりすましかと思ったが、『月刊ショコラ』の公式サイトにも出ていない、最終回冒頭のネームが四枚ほど公開されていた。そしてこう、コメントが出ていた。

『皆様に応援していただきました〝夢色パッション〟も、本日最終回を迎えることができました。それに合わせて、この場でご報告させていただきます。この作品を最後に、野川ひなたは漫画家を引退いたします。これまで応援していただき、本当にありがとうございました』

突然の引退宣言に、きらりは驚いてスマホを落としそうになった。

「どういうこと？」

このアカウントが、野川ひなたのものだという保証はない。だが否定するには、ネームの存在が邪魔をする。

引退宣言のコメントは、見ている間にも拡散され、表示回数が増えていた。

きらりの混乱は増すばかりだった。

その混乱を静めたのは、野川ひなたが投稿した写真だった。

写真には、見覚えのあるタブレットが写っていた。それは、つい昨日まできらりがひなたから借りて使っていたタブレットだった。

コメントのない写真だけの投稿に反応する人は少なかったが、きらりだけはその意味がわかる。知る限り、あの家に出入りする人は、きらりの他にいない。担当編集者も、家にまで来たことはないと言っていた。

だとすれば、これは「このアカウントは本物だよ」という、ひなたからきらりに向けてのメッセージだ。

突然の引退宣言は、最初から考えていたことなのだろうか。それとも、きらりの投稿を見て決意したのだろうか。

これ以上は本人の口から聞かない限りはわからない。きらりは、ひなたの家に向かった。

雑誌を手にしてから、三十分後には、きらりはひなたの家のチャイムを押していた。

ドアを開けて、きらりの顔を見たひなたは特に驚いた様子もなかった。

「学校はサボらないほうがいいよ」

きらりはそれに対しては返事をせず、「引退するんですか?」と質問した。

SNSを見たかとは訊かれなかった。きらりが家に来た時点で、ひなたはわかっていたのだろう。

「あそこに書いた通りだよ」

「どうしてですか?」

「どうして、かあ……。それ、きらりさんに関係ある?」

「あると思います。あるから、私のこと調べたんですよね?」

きらりにしても、ひなたの引退と、自分を調べていたことに関してのつながりは、まったくわからない。ただ、今となっては、何もかも仕組まれていたとしか思えなかった。

「あれ、見たんだ」

あれ、とは調査書のことだろう。

ひなたはこれまで見たことがないほど、冷たい笑みを浮かべている。

この人は誰だろう? きらりの背筋がゾクッとした。

今まできらりが見てきた『野川ひなた』と、姿かたちは一緒なのに、同一人物とは思えなかった。

「どうして、私のことを調べたんですか？」

「こういう仕事をしていると、勝手に近づいてくる人がいるから。映画化の話もあって警戒していたんだよね。だから、喫茶店で話しかけられたときに疑って」

一瞬、きらりは納得しかけた。だが、すぐにそれは嘘だと思った。調査開始日は、ひなたが最初にきらりのバイト先の店に来るよりも前の日付だったからだ。

「あなたは、私があの店で働いていることを知っていて、来たんですよね？」

ひなたの口は閉じたままだ。

そんなひなたの前に、きらりは昔の漫研部の冊子を投げつけた。

その瞬間、それまで冷たい笑みを浮かべていたひなたの表情に、怒りの色が交ざる。

足元に落ちた冊子を拾ったひなたは、壊れ物を扱うように表紙をめくった。

「まさか、まだこれを持っていたとはね」

「全部説明してください！」

「知らないほうがいいと思うけど」

「自分のことを勝手に調べられて、知らないままでなんていられるわけないから！」

きらりが声を張り上げると、ひなたは仕方なさそうに、肩を大きく上下させてため息を吐き出した。

「それもそうか。じゃあ、お望み通り教えるから、あの漫画本の部屋に行こうか？」

ひなたが先に、本棚に囲まれた部屋に入る。きらりもあとを追った。

※

今ごろ、スマホには何度も相田から着信が入っていることだろう。だが、相田の電話番号も、編集部の電話番号も着信拒否にしている。そして、いつまで経ってもつながらないことに業を煮やして、メールやSNSなど、ありとあらゆる手段で連絡を試みているはずだ。いや、もしかすると、すでに新幹線に乗って、この家へ向かっているかもしれない。

そんな相田には申し訳なさを感じるが、事前に引退することを編集部に相談したら、絶対に止められる。だから、事後承諾の方法を取るしかなかった。この件は、ひなたが自分で決めて、自分で始めたことだ。決着も自分でつけたかった。

ひなたは事前に準備していた、四冊のノートをきらりの前に置いた。

「なんですか？　結構古い感じがしますけど」

「高校時代に使っていたネタ帳。このノートには、これまで野川ひなたが発表してきた作品の原型がすべて書いてある。もちろん『夢色パッション』も」

怒っていたはずのきらりが、かぶりつくようにノートを開いた。

「そんなに昔から考えていたんですか？」

「うん」

「高校時代に……やっぱり天才だ」

きらりは悔しそうにしながらも、どこか憧れの眼差しでノートを見ていた。

「うん、〝野川ひなた〟は、天才だったと思う。……亡くなるには早すぎたけど」

弾かれたように、きらりは顔を上げた。

「亡くなった？」

「そう、まさかあの日が、最後になるなんて、思いもしなかった」

きらりが戸惑っている。困惑の中に微かに恐怖が入り交じった表情をしながら、ひなたを見ていた。

「このノートの物語は、本来は葵さんが描くはずだったんだ」

「葵……さん？」

きらりは一瞬小首をかしげたかと思うと、唇を震わせた。

「……おのがわあおい？」

「やっぱり、タブレットの名前に気づいてくれたんだ。そう、このノートを書いたのは小野川葵さん。ねえ、このノートに新しい物語が書けなくなった理由を知ってる？」

ひなたはずっと身体の内側に燃やし続けていた怒りを、隠すことなくきらりに向ける。

それを感じ取ったのか、きらりは怯えたように激しく首を振った。

「知るわけないか。でも、君のせいだよ」

「私の？」

「そう、葵さんが殺されたのは、君のせいだ」

「違う、私知らない！」

「だろうね。誰も本当の葵さんのことなんて知らなかった。葵さんが殺されたときも、世間は勝手な報道ばかりしていた」

その筆頭は、売春をしていた、というものだ。しかも噂は尾ひれをつけていく。やれ、やくざの愛人だの、堕胎《だたい》しただの、万引きしただの、根拠のかけらもない噂は、どんなに塞ごうとしても、ひなたの耳に入ってきた。

さらに葵が所属していたということで、漫研は活動停止に追い込まれ、部室にはカギがかけられた。もともと二人で活動していた同好会だ。葵がいなくなったあと、部員はひなたしかいないため、活動するもしないもなかった。

だけど、葵との思い出が詰まったあの部室に入れないことは辛かった。

本沢は、必要なときはカギを開けるから、と言ってくれたが、顧問として肩身の狭い思いをしているのを見ていたため、無理は言えなかった。

「事件から一か月くらいして、漫研の顧問だった先生に呼ばれたんだ。一緒に葵さんの家に行かないかって」

葵の両親は、学校に友達がいないと思っていたようだが、ひなたの存在を知って、形見分けを提案してきた。娘の死を嘆きつつも、両親にとって葵の行動は理解を超えたものだったのだろう。周囲の目は同情よりも批判が強く、引っ越しを考えていたようだった。

本沢とともに葵の家を訪れたひなたは、書き込まれたノートを四冊ほどもらった。他には何もいらなかった。

「だって、これしかつながるものがなかったから」

真偽不明の報道にひなたは壊れそうになりながらも、毎日を過ごしていた。そして濃密な時間を過ごしていたと思っていたのに、お互い秘密を抱えたまま、一緒にいたというのが一番辛かった。

葵とひなたはただ、漫画の相談をするだけの関係だった。だけど漫画に関してだけは、ひなたが一番近くにいた。葵がネタを書いていたノートは、自分にしか読み取れないと思っていた。

「だから、葵さんの代わりに描くことにしたんだ。あの人が表現したかった世界を一番知っているのは自分だから」

きらりの視線が、ひなたの手元のノートに向く。

「全部、ですか?」

「ん?」

「全部、そのノートに、お話が書いてあったんですか?」

「さっきも言った通り物語の原型だよ」

それに、ほとんどは大雑把な設定で、使えなかった。作品として形にしようとすれば、どうしても葵が考えた部分よりも、ひなたのアイディアを入れなければならなかったからだ。それでは意味がなかった。

だが、ノートの中のいくつかは、キャラクターや細かな話の流れが書いてあった。

「発表した作品は、極力葵さんが考えた設定を生かして、話を組み立てたつもり」

もちろんそこには、担当編集者の相田の意見も入っている。だがそれは、葵が漫画家になったところで、自分一人だけの意見では進められなかった部分だとは思う。

「でも、なんで私が……」

「葵さんが殺されたのは、君のせいだってこと?」

きらりは、納得できない様子でうなずく。

それはそうだろう。きらりは当時五歳だ。自分のせいだと言われても受け入れられないのは当然だ。

「直接手を下したのは、君ではない。だから、これが言いがかりってことはわかっている。わかっているけど……これから全部はっきりさせようか」

「どうやって?」

きらりの疑問に、ひなたは答えなかった。それはこのあとわかることだから。

これまで付けていた『野川ひなた』の仮面を外したひなたは、押し込めていた敵意も殺意も、隠すことができなかった。鋭利な刃物のような視線を、きらりに向ける。

そんなひなたがじりじりと近づくと、きらりは口をパクパクとさせていた。だが、恐怖から声が出ないのだろう。涙を流しながら、必死に首を左右に振っていた。

だけど、どんなに泣かれてもひなたの決心は揺るがない。死んでしまった葵のことを考えれば、きらりの涙など気にならなかった。

ひなたはきらりの身体に手を伸ばした。


ひなたはスマホの写真フォルダを開いた。

制服姿で、ベッドの上で横たわるきらりの写真だ。笑顔のものもあれば、憂いを含んだ表情のものもある。信頼しきったその瞳はもちろんひなたに向けられている。十分程度の間に撮影したのはおよそ三十枚。その中で、偶然ではあるが目をつむっている写真が一枚だけあった。

ひなたはそれを選択する。

そして、きらりから聞き出したアドレスを入力し、写真と一緒に、この家の住所を書いて送った。

待っている時間が、ひどく長く感じた。

もう、一時間くらい経っただろうかと時間を確認しても、まだ十分も過ぎていない。時計が壊れているのかと思うくらい、時間の流れがゆっくりと感じられた。

「焦ってはダメだ」

気が遠くなるほど、待ったのだ。最後の最後で失敗したら、これまでの苦労が水の泡になってしまう。

ひなたは高校在学中から投稿を繰り返したものの、デビューまで時間がかかったのは、事件のショックから抜けきれなかっただけではない。漫画よりも直接復讐しようとしていたからだ。だが復讐しようにも、相手の行方がわからない。このままでは葵が報われないと考えた結果、本気で漫画に取り組むことにした。ただ、最初は葵のネタを、思うように形にできずにいた。それでも繰り返しネームを作っていくと、徐々に自分の作品として描けるようになっていった。

デビューしてからは、さらに葵の想いを漫画に込めようと必死になった。

もちろんひなたは、自身が犯した過去の過ちは繰り返さなかった。あの日、PRSKと交わした約束は守り続けた。

そして、葵が遺した物語を描いた。

最後の連載に取り掛かったころから、ひなたは本格的に調べ始めた。

遊馬晃臣の行方を。

葵が転落したのは事故だと判断されたあと、遊馬の行方はわからなくなった。最初は、ほとぼりが冷めるまでの間だと思っていたが、一年が過ぎても、二年が過ぎても、遊馬は姿を現さなかった。

どこかへ逃げたのだろう、という噂が広がった。

だがそんな噂も、そのうち聞かれなくなった。遊馬の消息について、誰一人としてつかんでいなかった。

でも、理久からやはり遊馬が怪しいことを聞いた。

絶対に追ってやる。一度無罪となった判決を覆すことはできないとわかっていても、葵を殺した相手が、のうのうと生きていることが許せなかった。

当初、ひなたは自力で捜したが、どうやっても遊馬は見つからなかった。

わかったことは、遊馬は、過去に付き合いがあった面々とは、完全に縁を切って引っ越していたということだけだった。

結局、自力では無理だと思ったひなたは、漫画家として得た金を使い、興信所に遊馬の行方を捜してもらった。それでも最初のうちは難航した。

やがて、興信所は遊馬の転居先に行きついた。そして現在、どういった暮らしをしているのかもわかった。

だからひなたは、遊馬のいる場所に引っ越した。

ダンダンダンダン、ドアが強くたたかれる。反応する前に、ピンポーンとひなたの家のチャイムが鳴った。

インターホンのカメラを確認する。ひなたは玄関のカギを解除した。

「きらり！」

ドアを開けるなり、遊馬は声をあげた。まだ靴も脱いでいないはずだ。我慢できない性格という噂は本当らしい。とはいえ、娘を殺したと言われたら、焦るのは当然だろう。

ひなたはリビングから顔を出して「お入りください」と入室を促した。

まだ何やら叫んでいたが、ひなたは構わずリビングで待つ。

足音を立てて、遊馬はリビングへやってきた。

遊馬にはメールで「きらりを殺したから、一人で来るように」と伝えた。

もちろん、すぐには信じるわけがない。

だから、ベッドの上で目をつむったきらりの写真を送った。もちろん、警察に駆け込まれたら、これまでのひなたの苦労が水の泡になるから、警察に通報するなとも伝えた。

後ろ暗いことのある遊馬にその条件を飲ませることは、それほど難しくはなかった。

「殺したなんて、嘘だろ」

「どうしてそう思う？」

「本当に殺していたら、俺をここに呼び出す必要なんてないはずだ」

ひなたはきらりがいる部屋のほうを見た。すぐ隣の部屋にいるが、物音一つしない。それがどういう意味か、すべてがわかったときの遊馬の顔が見ものだとひなたは思った。

「なるほど……少しは、考える頭があるんだ」

ひなたが笑うと、遊馬は「うるせえ！」と叫んだ。

「うん、生きてはいるよ」

「ああ？」

チンピラが威嚇するように、遊馬はひなたの前に立ちはだかる。

高校に入学したときのひなたは小柄で、百六十センチもなかった。だが葵の死後、遅かった成長期がやってきて、今は百七十センチほどになった。それでも十センチ以上背の高い遊馬を目の前にすれば恐怖を抱く。だがひなたも、何も準備をせずに呼び出したりはしない。

この十年間、ひなたは葵のために生きてきた。

「きらりを返せ」

「その前に、教えて欲しいことがある。正直に言ってくれれば、きらりさんの命の保証はするよ」

「きらりに会わせろ」

「それより先に教えるんだ。葵さんを殺したときのことを」

遊馬はひなたを睨んだ。だが今度は叫ぶことなく、黙っていた。

「さっきまでの威勢のいい声で、全部話してくれないかな」

「俺は殺してない」

「嘘だ。昔の仲間に、上手く逃げられたって言っていたのは知っている」

「うるせえな。どっちでもお前には関係ないだろ。あれは事故だ」

「だったら、どうして苗字を変えた？　遊馬晃臣から、向井晃臣に」

遊馬が再び黙ったまま、ひなたを睨んだ。

「後ろ暗いことがあったから、名前を変えて——結婚して奥さんの苗字を名乗ったんだろう？」

日本では婚姻時に多くが男性側の姓を名乗る。女性側を選択する例は数少ない。遊馬はその数少ないほうに入っている。

「俺の勝手だろ」

「でも、家業を継ぐでも、財産を譲り受けるでもない場合はレアケースだ」

「うるせえな。それも自由だ」

「それはそう。ただ、名前を変えようとした理由が、きらりさんにあるなんてことは、誰も知らないのでは？」

「黙れ！　全部嘘だ！」

「嘘じゃない。昔を知る人たちも、ずっと疑問だったらしいよ。協力してくれる人がいて、いろいろ教えてくれた」

同時にそれは、葵の過去も知ることになった。

薬を万引きしていたこと。そしてその薬を売っていたこと。さらにその金で推しに貢いでいたこと。

ひなたに見せていた顔は一面にすぎず、知りたくなかったが噂の中に、本当が交じっていたこと。

だけど、あるときを境に、歌舞伎町に姿を見せなくなったこと。それなのに、過去と決別しようとしていた葵の前に遊馬が現れて、脅されていたこと。

理久が中心になって調べてくれた。彼自身、葵に遊馬の情報を伝えたことで、事件を引き起こしてしまったのではないかと、後悔があったからだという。

だが、理久や興信所がどんなに調べても、葵の最期の瞬間だけは、明らかにできなかった。それは、あの場にいた葵は亡くなり、真実を知っているのは遊馬しかいないからだ。

「葵さんからお金を巻き上げようとした。でも抵抗された」

「違う！」

「でも、葵さんを脅していたときの目撃者はいるよ？」

遊馬がどこまで真実を話してくれるかは賭けだ。だが、都合が悪くなると口をつぐむ。それはある意味、認めたに等しい。

それでも遊馬の口から直接聞きたかった。

「事件のあと、みんな黙っていたのは、トラブルに巻き込まれたくなかったというのがあったみたいだけど、何年も姿を見せなければ、口も軽くなるんだよ」

理久が必死に説得してくれたというのもあったが、遊馬にそれを知らせる必要はない。

「葵さんは抵抗した」

「……黙れ」

「葵さんもまさか、お前が離れていた娘と一緒に暮らせることになって、そのために金が必要だったとは思わなかっただろうけど」

「言うな！」

「きらりさんは、お前が十六のときに生まれた子だ。法的に相手の女性と結婚できない年齢で、しかも素行不良ときている。相手の親が認めるはずもない。それでも、ようやく結婚が認められたのは、きらりさんが小学校に上がる前。生まれてから五年も経っていた」

「やめろ！」

制止を促す遊馬の声は、雑音でしかない。ひなたはそれを徹底的に無視した。

「娘に良い格好をするための金だろ？　結構純情なところがあるのは笑ったよ。人殺しが」

「うるさい」

「うるさいのはお前だ！　葵さんにはやりたいことがあった。お前なんかに、構っている暇なんてないくらい、前しか見ていなかった！」

　事件からそれほど経たないうちに、ひなたは一人で、葵が最後にいた、歌舞伎町のビルへ行った。他のフロアはすでに営業していたが、現場となった場所だけは、警備の警察官が立っていて、ドアの外からしか中を見ることが許されなかった。

　こんな場所から落とされたのだと思うと、ひなたはただただ、悔しかった。何より『助けて』の意味を取り違えていた自分に、腹が立った。

　そこからはずっと、由利ひなたは、小野川葵の代わりに、野川ひなたとして生きてきた。葵が生きたであろう日々を過ごしてきたつもりだ。

　遊馬はぎらついた目で、ひなたを見下ろした。

「おい、いい加減にしろよ。さっきからゴチャゴチャ言ってるけど、お前も十分、犯罪者だろ」

「自分が罪を犯したって認めたらね」

「ああそうだよ。あいつを突き落としたのは俺だ。でも、もう裁けない。俺は無罪だ」

「確かに、一度無罪となった判決を覆すことはできない」

　だからたとえ、新たな証拠や証言が出てきても、警察を頼ることはできなかった。許される殺人などないのに、許されてしまったから。

　だけど、ひなたは許すつもりはなかった。

「ホラ、さっさときらりを返せ」

「どうしようかな。さっきも言った通り、生きてはいるよ。見た目にも傷はない」

「あ？」

「きらりさんって、年齢のわりに発達してるよね」

ひなたは唇を横に引いて、薄《うっす》らと笑みを浮かべる。心は冷えていて、まったくおかしくもないのに、自然とそうしていた。葵のことを考えると、あの日から一度だって、心の底から笑ったことなどなかった。

そんなひなたの表情が、遊馬には不気味に映ったらしい。

そして、言葉の裏にある意味に気づいたようだった。

「お前、きらりに……！　このっ、ロリコン野郎！」

遊馬がひなたに殴りかかってきた。ひなたはそれを避ける。

引っ越しをしてからは、ジョギング程度しかしていなかったが、東京に住んでいたときボクシングジムに通っていた。ボクシングを選んだことに深い理由はない。アパートの近くにジムがあったというだけだ。格闘技なら何でもよかった。鼻の横に傷を作ったのは誤算だったが、習った甲斐《かい》はあった。

遊馬は次々と拳を繰り出してくる。が、動きには無駄があった。体格差もあるため、殴られたらひとたまりもなさそうだが、遊馬の攻撃は、どれも上手くかわすことができていた。

「このっ……！」

娘を犯《や》られたと思っているからか、遊馬に焦りが見える。

ひなたは隙を見て、遊馬の腹めがけて拳をたたき込んだ。ぐえっと、喉がつぶれたような声が、遊馬の口から漏れた。

顔、再び腹、とひなたは攻撃を続ける。

そのたびに遊馬は叫び声を上げるが、ロープに追い詰めたときのように、ひなたはさらに腕の動きを速めた。

十年間この日を待っていた。

きらりが野川ひなたの漫画が好きだということはつかんでいたから、相田との打ち合わせをあえて彼女のバイト先の喫茶店にした。すべてを自然に運ぶために、きらりに近づくのも半年かけた。タブレットもコードも、何もかも仕組んだ。

そうして、もう罪に問えない遊馬を追い詰め、可能な限りダメージを与えるために準備してきた。

「おい、やめろ。やめてくれ」

「殺しはしないから、安心しろ」

ひなたはさらに遊馬を殴った。

「やめて！」

きらりの声がしたのは、すでに抵抗できない遊馬に最後の一突きをたたきつけようとしたときだった。

真っ赤な目をしたきらりが、リビングの入り口に立っていた。

振り上げた拳をいったん下ろしたひなたは、きらりのほうを向く。遊馬はうめき声を上げたまま転がっていた。

「全部聞いて、どうだった？」

ショックのせいか、表情を無くしたきらりは、小刻みに首を横に揺らすだけだった。

※

『真実を知りたければ、何があってもこの部屋から出ないように』

リビングの続き部屋でひなたにそう言われたものの、最初は従うつもりなどなかった。嘘つきの言うことに、耳を傾ける必要はないからだ。

そもそもドアにはカギはかかっておらず、手足も自由に動かせた。だからきらりは、部屋を出ようと思えばいつでも出られた。実際、父親が来たとき、ドアノブに手をかけていた。

結果的にドアを開けなかったのは、「葵さんが殺されたのは、君のせいだ」と言われたことの意味を知りたかったからだ。それに、父親が冊子を持っていたことも気になっていた。少なくとも過去に、小野川葵という、野川ひなたと関係している人物と、何らかのつながりがあったことは間違いなかったからだ。

父親とひなたの会話を盗み聞きしている間、きらりには意味がわからないことが多かった。ただ、腑に落ちることもあった。

きらりは幼いころ、父親と一緒に暮らしていなかった。だけどある日、母親から「もうすぐ、お父さんと一緒に暮らせるよ」と言われた。ランドセルをいつ買いに行くかという約束をしたころだったから、驚きと喜びがいくつも重なってやってきたことを、よく覚えている。

保育園で仲の良かった友達の多くは、家にはお母さんだけでなく、お父さんもいて、それはきらりにとって憧れだった。

父親と一緒に暮らせるということの意味を、深くは理解していなかったが、これから先、きっと素敵で楽しい毎日になるのだと想像していた。

父親との生活は、想像したほど素敵でも、喜びに満ちた日常でもなかったが、世間が見るほど辛くもなく、嫌ではなかった。だけど——。

——ああそうだよ。あいつを突き落としたのは俺だ。でも、もう裁けない。俺は無罪だ。

それを聞いたとき、これまで色づいていた過去の記憶が、一瞬にして白と黒だけの世界に変化した。

しかもそれは、きらりの大好きだった世界を否定した。

自分の存在が悪いのか。

それとも父親が悪いのか。

何より許せないのは、大好きなひなたに、きらりのせいだと言われたことかもしれない。

一気に押し寄せた現実に、きらりは混乱していた。

ただもう、これ以上二人の話を聞いていたくなんかなかった。

父親を殴っていたひなたは、これまでの優しげな雰囲気を消して、怒りを燃やす一人の男へと変化していた。

もしかしたら、これが本来の姿なのだろうか。

ドアを開けて部屋を出たきらりに、ひなたが気づいた。

「全部聞いて、どうだった？」

きらりは答えようがなかった。

だけど、楽しかった時間も、この場所も、大好きだった漫画も、全部壊れてしまった。中途半端に残しておいたら、また同じことが繰り返されるかもしれない。

きらりは、ひなたを真っすぐに見た。正気ではないのかと思っていたが、ひなたの目は冷静そのもので、落ち着いていた。

「先生の望みは何？」

「葵さんを返して」

「死んじゃった人は生き返らないよ」

「じゃあ、葵さんのところへ行きたい」

それならできる、ときらりは思った。それしかできない、とも思った。

きらりは、キッチンの引き出しから、果物ナイフを取り出した。

「私のせいだと言うなら、私が終わらせてあげる」

きらりはナイフの刃先をひなたのほうへ向けて歩き出した。

これがひなたの望むことなら。

そう思ったきらりが、真っすぐひなたの身体にナイフを突き立てようとしたとき——。

「寄こせ！」

いきなり、きらりの手から、ナイフが消えた。倒れていたはずの父親に、ナイフを奪われた。

「お前はやるな」

「お父さん！」

一瞬の出来事だった。だけどなぜか、スローモーションのように、すべての動きがきらりに見えていた。

でも止めることはできない。

父親が持ったナイフは、ひなたの腹部に刺さっていた。

ひなたは苦痛に顔を歪めながらも、口元は笑っていた。冷たい、感情の消えた笑みではなく、痛みに耐えているはずなのに、どこか嬉しそうだった。

「これで、葵さんに伝えられるかな」

――ずっと好きだったたって。

かすれた声でそう言いながら、ひなたの身体が崩れ落ちた。

頭の中が真っ白になったきらりの耳に、ピンポーン、ピンポーン、ピンポーンと、玄関のチャイムの音が続けざまに響いた。さらに、ドンドンドンドンと、ドアをたたく音がする。

「ごめんくださーい、野川さ……由利さん。由利ひなたさーん」

女性の声がした。

誰も応答しないと、玄関のドアが開き、足音が近づいてくる。

「野川さん！」

ひなたにそう声をかけた女性に、きらりは見覚えがあった。

相田さん？

ひなたの唇がそう動いた。

きらりには処理できないことばかりで、その場から動けなかった。

怒ることも泣くことも、考えることすらできないきらりは、ただその場に立ちつくすしかなかった。

エピローグ

ガラス越しに窓から見える青空に、白い雲がまるで階段のように、上空へと続いている。

そこを歩いていけば、天国まで昇っていけるのだろうか。病院から天国へつながっているのだとしたら縁起が悪いようにも思うが、ひなたの願いは、葵のところに行くことだった。

ベッドの横のイスに座っている相田は、首を曲げてスマホの画面を見ていた。

「きらりさんは罪には問われません」

「それは良かった」

「そして、野川さんがきらりさんに対して行ったことですが、監禁罪も暴行罪も適用されません」

「なぜ？　部屋に閉じ込めたのに」

「野川さんはそうおっしゃいますが、物理的にきらりさんが閉じ込められたわけではないからです。部屋にとどまることを選択したのは彼女の意思です。しかも身体的拘束も、危害も加えられてないとなれば、彼女に対して、野川さんは法的に罪に問われない、と弁護士さんは言っています」

相田はどうやら、弁護士とのメールのやり取りを読んでいたらしい。

「それと向井晃臣——旧姓の遊馬と呼んだほうがなじみがあるかもしれませんが、野川さんが彼に行った暴行の件は、なんとか執行猶予にしたいと、弁護士の先生はおっしゃっています。問題は、野川さんが刺されたことですが……娘を止めようとした末の犯行となると、こちらも実刑になるかは……」

「娘を散々弄《もてあそ》んだわけですし」

「言い方に気をつけてください！　実際にしていたのは、漫画の描き方を教えていたことだけじゃないですか。しかも、野川さんは全治二か月の重傷ですよ？　刺された場所があと数センチずれて、私の到着がもう少し遅かったら、死んでいても不思議ではなかったんです！　これで相手も執行猶予で済んだら、怖すぎますよ。報復してくるかもしれないですし」

相田は興奮した様子で声をあげたが、すぐに病室ということに気づいて、口を押さえた。ただ、ドアの外に警察官はいるが、個室のため周囲に人はいない。

「とにかく、今は裁判を待つしかありませんから、その間に野川さんは怪我《けが》を治して引っ越してください」

相田はあのとき、ひなたを見てすぐに救急と警察に連絡してくれた。

幸い、警察署からすぐにパトカーがやってきて、遊馬はその場で捕らえられた。

そもそも、ひなたは死ぬつもりで遊馬を呼び出していた。どんな罪になろうと、気にはしていない。

ただ、罪の重さを比べるのなら、親が逮捕されるように、きらりを使ったほうが重いだろう。きらりの身体は傷をつけないように気をつけてはいたが、心はズタズタにしてしまった。きらりにならば刺されても仕方がないことをしたと思っているが、今となっては彼女からナイフを奪った遊馬には感謝している。

ただ、それはひなたの気持ちを少し軽くする程度のことだ。きらりの心を傷つけたことは、現在の法律では罪にはならない。そしてひなたにとって一番大切な葵の事件も、もうどうすることもできなかった。

一度許されてしまった罪は、二度と問えないことに、ひなたはやるせない思いでいっぱいだった。

相田のスマホが震える。手元のスマホに再び視線を落とすと、彼女の眉間にシワが寄った。

「どうかしましたか？」

「いえ……。それより私、今回のことで初めて知りましたけど、野川さんのペンネームは、てっきりご本名からだと思っていたのですが、違ったんですね」

「偶然ですよ。最初に、葵さんから聞いたときには驚きましたけど」

「実は野川さんのご本名から、いただいていたとか？」

「それはないと思います。僕らはそんな関係ではなかった」

あくまでもひなたの片思いだ。大人になれば些細なことでも、あのころは、たった一学年の差が大きな障害に感じて、気持ちを伝えられなかった。その後悔がこの十年間、ひなたを走らせていた。

とはいえ、ペンネームに関しては一つ心当たりがある。二日前、ひなたの見舞いに来た理久が、こんなことを言っていたからだ。

『そのペンネームをリリが考えたというのなら、本来自分が行きたかった場所を名付けたんじゃないかな』

歌舞伎町に入り浸っていたころ、葵は「リリ」と名乗っていた。正確には、いつも黒い衣装ばかり着ていたから「黒ゆり」みたいと誰かが呼んだところから、「リリィ」が変化して「リリ」と呼ばれるようになったということらしい。

『夜の街にいたからさ、きっと漫画家になったときは、日向《ひなた》のような明るいところに行きたかったんじゃないかな、と思うんだよね』

これればかりは、確かめようがない。でもそうなら、命の危険が迫っていたときでも葵が抵抗したのは、そこに強い意志が込められているように感じた。

もう、あの場所には戻りたくないのだと。

「僕がやったことって何だったんでしょうね」

「何だった、とは？」

見舞いの品に持ってきた菓子を袋から出した相田は、ひなたにそれを渡してくれる。

焼き菓子は、顔に近付けると香ばしいバターの香りがした。

「だって、葵さんは野川ひなたの名前を守りたかったのに、結局僕は、それを汚してしまったから」

相田は口を結んだままそれには答えなかった。

今回の事件に『漫画家　野川ひなた』が関係していることが報じられた。ちょうど、引退宣言をしたこともあって、ファンの間では話題になっている。

読者の中には、もめ事が露呈する前に引退することを決めたとか？　と言う者もいた。

時間だけがある入院生活は、ＳＮＳを見るのがやめられない。ひなたはベッドの上で、検索ばかりしていた。

「野川さん、エゴサはやめてください。今さらどうにもならないんですから！」

そう言われてしまうと、ひなたは反論できない。

渡された焼き菓子を嚙むと、口の中いっぱいに甘さが広がった。

「無意味なことしかしていませんね」

「そんなことありません。たくさん漫画を描いていたじゃないですか」

「全部葵さんが考えた話ですよ。本来は、僕が描くものではなかった」

「でも、実際に物語を形にしたのは野川さん……いえ、由利ひなたさんです」

「そう言いますけど……ネタを考えるのが大変なのは、相田さんだってよくご存じでしょう?」

それにひなたは、過去に二度も盗作をしている。一度だって、自分の力でゼロから物語を生み出したことはないのだ。

「僕には無――」

「できます!」

相田は、ひなたが最後まで言い終わる前に、言葉をかぶせてきた。

「近くで見ていた私が保証します。野川ひなたは、間違いなくあなたです。今度は、本当にご自身が描きたいものを描いてください。それとも、描きたいものはないんですか?」

怒っているのか、いつになく相田の表情が険しい。

「編集長は、ペンネームを変えたらどうか、と言っています」

「え?」

相田がスマホを向けた。どうやら先ほど届いたメッセージは、編集長からだったらしい。そこに、新しいペンネームで再起を目指しては、とあった。

「名前を変更できても、絵柄を変えるのは難しいです。気づく人はいると思いますよ」

「ええ、ですので私は、ペンネームはそのままでも構わないと思っています」

「でも、野川ひなたは引退宣言をしました」

「そんなものは、撤回すればいいだけです。まあ、その件については追々考えましょう。幸い手は無事でしたから、野川さんの気持ち次第で、いつからでも仕事を始められます」

最後に言葉を付け加えたとき、相田の目は笑っていなかった。本気らしい。ひなたがその気になったら、明日にでも仕事道具を病院に持ってきそうだ。

相田が「とはいえ」と、一呼吸置くように、小さく笑う。

「怪我が癒《い》えるまで時間はかかります。私は、それまで新しい物語を考えてくだされればいいと思います」

「どっちにしろ、仕事なんですね……」

「漫画はもう、お嫌いですか？　一度も自分の物語を描かなくていいんですか？」

相田は違いますよね？　と言わんばかりに、ひなたの目を覗き込んできた。

その視線から、ひなたは逃げることができない。

ずっと、描きたかったものはあるから。

それがひなたにできるかはわからないが、抱き続けていた夢を、捨てることはできなかった。

「今度は……みんなが幸せになる物語を描きたいです」

〈参考サイト〉

NHK首都圏ナビ「東京・新宿歌舞伎町〝コンカフェ〟に通う少女たち 何を求めて?」
安芸空希 オタク陰キャ向けホスト? 現役キャストが語る、メンズ(女性向け)コンカフェの裏話第5話「女性向けコンカフェのキャスト」(kakuyomu.jp)
キャバクラ・ホスト・風俗業界の顧問弁護士「風営法の接待とは? ガールズバー逮捕の分かれ目となる3つの解釈基準」(gladiator.jp)

初出

web TRIPPER　2025年1月21日から4月3日

装幀　bookwall

装画　光宗薫

桜井美奈（さくらい・みな）
2013年、第19回電撃小説大賞で大賞を受賞した『きじかくしの庭』でデビュー。著書に、『塀の中の美容室』『殺した夫が帰ってきました』『相続人はいっしょに暮らしてください』『私が先生を殺した』『私、死体と結婚します』『眼鏡屋視鮮堂　優しい目の君に』など。

復讐《ふくしゅう》の準備《じゅんび》が整《ととの》いました

2025年４月30日　第１刷発行

著　　者　桜井美奈
発 行 者　宇都宮健太朗
発 行 所　朝日新聞出版
〒104-8011　東京都中央区築地５－３－２
電話　03-5541-8832（編集）
　　　03-5540-7793（販売）
印刷製本　株式会社光邦

ISBN978-4-02-252050-0
定価はカバーに表示してあります。

落丁・乱丁の場合は弊社業務部（電話03-5540-7800）へご連絡ください。
送料弊社負担にてお取り替えいたします。